须一瓜 著

伊鲁坎吉水母攻打厦城

天津出版传媒集团

百花文艺出版社

图书在版编目（CIP）数据

伊鲁坎吉水母攻打厦城 / 须一瓜著. -- 天津：百花文艺出版社，2025. 1. -- ISBN 978-7-5306-8988-2

Ⅰ. I247.7

中国国家版本馆 CIP 数据核字第 2024379GY6 号

伊鲁坎吉水母攻打厦城
YILUKANJI SHUIMU GONGDA XIACHENG

须一瓜　著

出　版　人：薛印胜	选题策划：汪惠仁　韩新枝
责任编辑：张　烁	美术编辑：郭亚红

出版发行：百花文艺出版社
地　址：天津市和平区西康路 35 号　　邮编：300051
电话传真：+86-22-23332651（发行部）
　　　　　+86-22-23332656（总编室）
　　　　　+86-22-27862135（邮购部）
网　址：http://www.baihuawenyi.com
印　刷：天津新华印务有限公司
开　本：880 毫米×1230 毫米　　1/32
字　数：160 千字
印　张：6.75
版　次：2025 年 1 月第 1 版
印　次：2025 年 1 月第 1 次印刷
定　价：56.00 元

如有印装质量问题，请与新华印务有限公司联系调换
地址：天津东丽开发区五经路 23 号
电话：(022)58160306　邮编：300300

版权所有　　侵权必究

目 录

001　提拉米苏

021　寡妇的舞步

037　豌豆巅

047　会有一条叫王新大的鱼

080　太田母斑

091　灶上还有羊肉绿豆汤

109　黑领椋鸟

127　给毛毛虫开膛取肠

142　少许是多少

166　老的人，黑的狗

189　伊鲁坎吉水母攻打厦城

提拉米苏

一

像钻进袋鼠袋子里的小袋鼠,老婆每次做爱舒服了,就用这种姿态延续幸福感。侧睡的巫商村和蜷在他怀里侧睡的老婆像一对大小括号。小括号说,你的误餐补贴呢?这个月的好像还没看到。

大括号不说话。巫商村是累了,但是老婆这个问题把他问得像突然被人往脖子里泼了杯冰水。巫商村装着迷迷糊糊,闭着眼睛用胳膊揽紧了老婆。老婆却推开了他的胳膊,像爬出袋鼠腹袋的小袋鼠,老婆把头拱伸到和他的头齐高的位置。

我记得你没有交。每个月你都是十二号发的,今天都二十七号,不,二十八号了——喂,发了没有?发了吗?喂?嘿!老婆开始胳肢巫商村。巫商村用困倦万分的语气说,黎意悯借走了。快睡吧,我累了。

老婆不吱声了,安静得就像个侦探。

像被人往脖子里泼了杯冰水的巫商村,一下子就失去了刚才激烈做爱换来的无牵无挂的疲倦。半个月间,他已经变得对"误餐费"这几个字产生过敏反应——一种不太舒服的感觉,一提这话茬儿,他就睡不好了,但是他没动,还轻轻地做了点均匀的呼噜声出来。

老婆却猛推了他一把,她那么有钱,干吗借你的误餐费?

怎么还不睡啊?都几点了。巫商村假装被推醒很不乐意的样子。老婆说,她那么有钱,干吗借你两百八的误餐费啊?现在还没还?

真烦人啊。巫商村说,不就这一点点钱嘛,月初慈善一日捐,不是正好赶上印尼海啸嘛,单位领导把误餐费捐了。黎意悯出差,我打电话问她,她说代她把误餐费捐了,我就先替她捐了这个数。

后来呢?

什么后来啊。

她出差还没回来吗?

当然回了。

那还你钱呀!

她一时忘了吧,等下个月领误餐费的时候,她就想起来了。

那她回来的这个月没领过误餐费吗?

唔,领了……我估计那个马大哈一时忘了……唉,不就一两百块钱嘛,睡吧。

什么?一两百块?嚯!你一个月多少个一两百块呀!两百八啊,就是三百块啊!

你烦不烦啊,巫商村说,这怎么说都是我个人的事。快睡吧,睡吧,你不睡我要睡了!

老婆使劲推了巫商村一把,彻底远离了袋鼠怀抱。老婆这一折腾,巫商村的感觉已经不是一杯水,而是被一盆水泼到了,浑身就是不舒服,甚至就像被人提到气锅里焖蒸,但巫商村还是做出睡过去的样子。

其实,这两百八十元的误餐费,像条小蛇,已经在巫商村的心里活了半个多月了。

二

在公司的人力资源部,甚至综合部、技术开发部,几乎谁都知道巫商村和黎意悯是挺不错的朋友。在办公室里,总显得互相赏识和彼此维护,他们的友好和默契,就像人力资源部大凉台上那两盆硬朗的巴西铁树一样明朗无疑。可是,他们没有任何绯闻传出来,也从来没有人开他们的桃色玩笑。实际上,黎意悯是个招蜂惹蝶的热辣美女,虽然她能力出众,业绩突出,但关于她本身,在办公室男女同事背后的嘴里,还是众说纷纭的,甚至有点不良。但就这样一个人,关于她和巫商村,还就是没有绯闻传出来。

巫商村看上去就是一个话语不多、善解人意的淡泊男人。公司里,巫商村对上上下下——不管是总经理还是厕所保洁员,也不论小人还是忠良,他一律非常谦和、非常尊敬,任何时候他都宠辱不惊。大家也知道,巫商村对黎意悯最不错,大家很容易看到他俩大大方方互相招呼,到单位前面那条街的查箸咖啡厅吃午饭,或者看他俩一起顺道打的回去。在办公室,大家都看到黎意悯有时突然蒙上巫商村的眼睛,意图制造一个没心没肺的惊喜。黎意悯没有当主任助理之前,大家还时不时看到黎意悯对巫商村花拳绣腿地踢打耍赖,但绯闻却一直没有传出来。也许大家都觉得,和巫商村那样无拘无束是很自然的,巫商村其貌不扬,却有这样慈父仁兄般的吸引力和安全感,而这样的动手动脚和爱与性是没什么关系的。

四年前,主任和巫商村在人才市场摆摊,要收摊的时候,黎意悯来到摊前。三四年过去了,至今巫商村回想起黎意悯来求职时的笑容,就会联想起正在融化的冰激凌,那行云流水般的美妙柔滑令人愉快而隐约着急。可以说，黎意悯是被巫商村从人才市场挖来的，没有巫商村，就没有黎意悯。老主任不太习惯她半胸可见的透视装，尽管是黑色的。老主任也不能接受她一坐下就谈自己应聘这个岗位的劣势。然而这两步与众不同的险招，都正中了巫商村的下怀。而黎意悯最后能成为人力资源部主任的新秘书，也是巫商村在来聆听意见的分管副总面前，做了有分量的优势分析的结果。事实也证明，黎意悯的确是个聪敏能干的工作伙伴。

在巫商村看来，黎意悯处在美丽与平凡、狡猾与纯真的混合地带。她总有一种轻微的夸张，无论笑容、语调、肢体动作，甚至眼睛——圆睁起来比狗眼还简单。巫商村因此觉得她充满吸引力。她打定主意要影响人的时候，她就像一个正在融化的可口冰激凌，她的真诚、信赖、无助、自信、自贬，甚至孩子气，就这样一股脑儿融化在你面前，使你难以抗拒，还要赶紧应承呵护。

成为朋友之后，黎意悯就会到巫商村家里来。巫商村老婆一开始对她有些敌意，但禁不住她开门见山的、正在融化的冰激凌外交，更禁不住她见面必送的大小礼物，还有女人间私密的悄悄话。有时，巫商村老婆甚至觉得黎意悯和她才是真正的好朋友，只是出于女人的本能，她对黎意悯背后扫视的眼睛，始终保持着一双冷眼。所以巫商村每次说，黎意悯其实是个很单纯的人时，老婆就说，我看未必！

三

查箬咖啡厅据说是位"海归"开的，就在巫商村所在公司大厦的前面一条街。那里环境很不错，坐在里面藤蔓造型的白漆藤椅上，可以透过大幅的玻璃水幕墙看到五星广场，另一面透过大舷窗一样的绿萝窗，能看到白鹭飞翔的白鹭湖景。但黎意悯说,查箸有两大好处,一是那里的提拉米苏极好,二是洗手间极好。

第一次是黎意悯请巫商村和另外两个同事来吃海鲜自助餐,大约是三年前了。那时,查箸咖啡厅刚刚开张,在报纸上打广告并有剪报八折的优惠活动。三年间,黎意悯吃掉了起码有五十水晶碟的提拉米苏吧,反正,在巫商村的记忆里,她是有来必点的。而第一次发现这里的提拉米苏好吃,是巫商村请她吃的。那一次是快下班的时候,黎意悯倚在巫商村的电脑桌边,两人一个坐着一个站着,一个写一个看,就那么不知不觉聊深了。那是第一次深谈,开始是黎意悯看巫商村在旧报纸上练毛笔字,说起了自己父母在当地书法界的影响,之后就由父母说到了自己失败的婚姻,和为什么背井离乡只身来到这个城市。说到难过处,黎意悯泪光闪烁。巫商村就说,一起吃饭吧,我请你。老婆回娘家了,我也没饭吃。

那次,巫商村为黎意悯点了份意大利提拉米苏。他自己并不喜欢甜食,但是他说,上周我老婆来这儿吃了后惊叹,说这是她吃过的最好吃的提拉米苏。我建议你试试。黎意悯吃了,说,啊,真好!真的不错!黎意悯没有奉承的意思,从此之后,她每次来都点,并没有因为是别人的老婆发现、别人的老公推荐老婆的发现而忌讳。

吃着提拉米苏,话题有时轻松,有时沉重,有时郑重,有时也蛮无聊的。第一次吃,配送提拉米苏话题的是办公室话题的延伸,关于黎意悯的前段婚姻。巫商村知道了,黎意悯的前夫是个个子不高嗓门儿大的家伙,曾经离过婚;知道他在新加坡打过工,挣过大钱,回国后开过婚介公司,后失败在家;知道她老公嘴非常甜,颇得黎家父母欢心;知道住在黎意悯父母家时,因为他做爱时冲刺嗓门儿大得实在令黎意悯父母尴尬,因此被迫买房搬出;还知道他们离婚的时候,他连新买的一打洁柔卷筒手纸都列入婚后个人支出;还知道,离婚后,也就是黎意悯搬出后,她忽然想起用自己"个人支出"买过的一个IBM鼠标(其实是朋友给的)。电脑分给男方了,她便牢牢记着要去讨回折价。跑回去讨了两回,终于讨回二十三块八毛。前夫说,有你这么小气的吗?在法庭上你怎么不想起来呢?黎意悯说,惭愧,下次再离,我就知道手纸也是要列入清单的。

说到这里,黎意悯哈哈大笑。离婚进行曲,像有了喜剧末章。

四

提拉米苏的制作也不太复杂:先将意大利起司和蛋黄打成糊状;再慢慢地加入糖霜及香草精混合;然后,咖啡酒加上咖啡粉拌匀,将饼干两面蘸上咖啡酒和咖啡粉制成的酱料;之后再一层饼干、一层起司蛋黄酱,如此重叠,最上面是一层厚厚的起司酱;完成后,盖上保鲜膜,放冰箱,冷藏六个小时。端出食用前,可以撒上一些细细的巧克力粉。

每次都这样,只要吃得陶醉了,黎意悯招手就问服务生制作方法,服务生无一例外地要去询问意大利大厨。到了后面,巫商村已经能倒背如流这个意大利提拉米苏的制作过程。只要服务过来鞠躬说,对不起,我这就帮您去问问厨师。巫商村就说,不用,我告诉你,麻烦你再告诉这位小姐。首先将意大利起司和蛋黄打成糊状,其次……

黎意悯哧哧大笑,向服务生摇手抱歉。她说,我永远都不可能去亲手做它,我就想用这个方式向制作者表示最高的敬意……

意大利提拉米苏的确很好吃,巫商村偶尔也吃。更多的时候,他是看着黎意悯摆弄着查箸镀银的精美餐具,一点一点、一口一口地品尝。提拉米苏入口的时候,她有时会闭上眼睛,有时候她会嘀咕,今天的有点苦。通常她都很沉醉,沉醉了,就口无遮拦地说话,喂,我上周末的一夜情,感觉真的很好,就跟这提拉米苏一样,真的好!

巫商村搅着咖啡说,比上次的更好?

关键是——这个特别能制造情调,节奏感也特别好。哎,哎,真是好啊!

嫁给他吧。

真想呢。

巫商村嘴角一抹咖啡沫一样的微笑。

唉,我跟你说,余副让我明天空出时间,要陪省公司来的客人。上次我不是推托,你没早说,我有约了。你看,现在他就提前一天说。

那你就去吧。虽说余副不分管你,但老是推托,他有给你穿小鞋的机会。

我不想去。上次被他堵卫生间了,喝点酒简直就像个发情的畜生!你知道被他撕坏的衬衣多少钱!想起来我就火冒三丈!——你笑什么?!

我看你一直和他很嗲呢,看你嗲得好像要倒在人家怀里呢。你何苦要让他撕坏名牌衬衫呢?自己解不行吗?

呸,你懂啥!黎意悯用西餐刀刀背敲了一下巫商村的头顶。我靠人家饭碗过活,当然要逢迎一点。这一点,你再聪明,也得到了我的处境你才懂。哼,万总在桌下把手伸到我裙子里,桌面上我不还是跟他媚笑吗?换你大义凛然试试?你能说,拿开你的咸猪手?!那次在卫生间,我脑子里差点一根筋,要咬下余某的臭舌头,但是我敢吗?不敢,我除了吐出来躲开,我能干什么?第二天,我还要一见面说,余副,你昨天喝多了——你以为女职员好混哪。

要讨那么多人的喜爱,当然不容易。那你明天晚上别去。

去啦,要不今天请你吃饭?我就是想请你打我电话,大约在七点半左右,你看我短信,就用固定电话打我手机,就说好友小孩跌伤了,急需帮助。我坚决不走,你怎么劝我都不走,就是不走。再过 10 分钟,你又打来,说急需送钱过去,我只好抽身走人了。估计那会儿我也吃饱了。

巫商村嘴角又浮起咖啡沫一样的微笑。

巫商村给黎意悯就是这样的感觉,深沉洒脱、包容万象,毫不让人腻烦。黎意悯非常感激,当年这个陌生的城市,老天竟为她预备了这么一个成熟通达的朋友。关于这个认识,黎意悯早就告诉了巫商村,我很幸运,有你这个什么都能谈的朋友。没有性,没有嫉妒,只有理解和爱护。女人是没有同性朋友的,只有我落难的时候,同性才会由衷地同情我,爱我;女人也几乎没有异性朋友,因为男人要么图性,要么什么都不图。

巫商村摇头。他并没有问,那我是什么呢?

嘻嘻,黎意悯看着他说,你不一样,你是比性更重要的心血管,我的动脉啊。

巫商村笑,并不顺势占她便宜。黎意悯补充说,希望我有你的静脉地位。

五

每个月的十二号,人力资源部的老丁就会做表,到公司财务部把部门的误餐费领出来,然后大家到老丁那儿签名领钱。奖金是有系数级别的,两三千到万把块的阶梯差别很大,而误餐费是固定的,每人二百八十元。公司这些年效益不错,误餐费和大额的奖金相比,实在不算什么。可是,就这么一个普通偏小的数字却令巫商村敏感起来。早上看到靠窗的老丁戴着老花镜在填写一个细长的表格,巫商村心里就咯噔一下,要领误餐费了。后来巫商村借着去饮水机接水的机会,又特意到靠窗的那边睃了一眼,没错,今天要领误餐费了。

他扭头看黎意悯。黎意悯一直在自己的位置上接电话。近期公司准备新成立一个部门,人员要调整,于是,诉说自己调整岗位愿望的电话,在人力资源部多了起来。

巫商村听到老丁叫了一声,小黎! 黎意悯也噢了一声,但黎意悯没有马上过去,好像电话又响了。老丁总是这么叫,大家都是心领神会地到老丁那儿签名数钱。老丁叫商村——! 巫商村说来了。巫商村走的是经过黎意悯位置的路线。他看她拿着电话一只手在记什么,嘴里是"好的,好的。嗯,我记着呢。好的,好的"。

巫商村手里拿着误餐费——两张粉红的一百元,一张绿色的五十元,三张崭新的十元——他拿在手上,像拿扑克牌一样,经过了黎意悯的位置。她还没放下电话。巫商村经过她的时候,她夹着电话的半张脸,因为倾听而露出分外严肃的目光,那目光停在巫商村手里扇状的钱上,并追随着它,但目光是飘忽的,巫商村能明显感觉到,黎意悯的心思在电话里。

巫商村后来疏于观察,不知道黎意悯什么时候走了,等他忙完抬头找她的时候,她的位置已经空了。拿着茶杯再去饮水机那儿的时候,巫商村踱到老丁的位置。老丁已经摘下老花镜在忙其他活儿了。都领完了? 巫商村说。老丁说,都领啦。主任的小黎代领了,她要赶到市人才中心开会,主任已经过去了。

看来,这件事情在黎意悯记忆里已经不存在了。否则,这是个唤起两百八的误餐费记忆的最好由头,巫商村一直认为这是黎意悯恍然大悟的时刻:啊,天哪! 我差点忘了,该死该死! 你为我代捐了海啸捐款呢! 巫商村想自己肯定脱口就说,谁给不是一样的吗? 你急什么呀? 巫商村又想,也许自己会说,没事,你请我吃饭好了。可是,今天,黎意悯把钱领走了,而且还帮人代领了,这是多么相似的情景啊,这时候该想起了。其实,在公司大门口,捐赠人员的大红纸光荣榜,是一直贴到了她出差回来的。那上面捐款人名字和捐款额都是用毛笔字写的,黎意悯两百八十元,巫商村两百元,高层领导有的捐六百元,普通职员也有人捐二十元。巫商村不喜欢印尼人,但还是捐了两百元。赈灾榜是红纸黑字,老远就能看见那么个东西。黎意悯自然一回公司就会劈面看见。后来当然是揭掉了,毕竟都快贴了四十天了。

  巫商村心中的小蛇又开始吐出分叉的红芯子。黎意悯为什么还不还这笔钱呢?她怎么能这么糊涂呢?会不会黎意悯认为她和巫商村是好朋友,巫商村替她捐点钱也没什么呢?不过,巫商村觉得黎意悯不会这么认为。这毕竟是捐款,心意不是随便可以代替的吧。巫商村又琢磨是不是自己在电话里没有说清楚,她以为他就是帮她出了,出了也就算了?黎意悯是个马大哈,经常丢三落四的。刚来的时候,让她去买活动用品老是会忘一两样东西,然后一拍脑袋再赶去补买。后来再去,黎意悯就将需要物品的清单写在字条上提醒自己。结果去了没多久电话就打回来了——喂,快看看我是不是把字条落桌上了?我可能忘了带出来啦!是吧,黎意悯就是个马大哈。不过,巫商村转念又想,其实黎意悯也是个脑子清楚的人,大伙外出吃饭,她不会老占别人的便宜,虽说不是 AA 制,但基本上还是遵循轮流做东的潜规则办事,比如在以意大利提拉米苏闻名的查箸咖啡厅吃饭时。

六

  黎意悯的笑声在电梯口像冰花一样高高扬起,又像风铃一样,随风潜入了办公室。巫商村没有抬头,依旧悬着腕练他的毛笔字,他听到后面有个女声用鼻子发出反感的喊喊声。黎意悯这样夸张的德行,办公室几个女人似乎都不太欣赏,老少男人则好像并不反感,有时跟着她的语气逗趣调情。

笑声进了门,黎意悯直奔巫商村来,后面还跟着两个办公室的小伙子。他们叫嚷着请客请客请客!黎意悯冲浪一样摇晃着一边肩头,一推一推地前进,又像是探戈步伐,反正是一种得意扬扬的步态。嗨——嗨——嗨——嗨——你——看!你看!

她把一张小纸片,重重压在巫商村练书法的报纸上。巫商村把它拿开,黎意悯把它更重地擂在报纸中央,喂——!我中啦!二等奖!就是我们前天一起买的体彩!我中啦!

巫商村定睛一看,果然是体育彩票。我要请你吃饭!黎意悯旁边的小伙子已经在喊,见者有份!见者有份!五千一啊,够我们吃几餐了。黎意悯说,大家都去!有福同享!就定在周末!杰克去荣记深海渔庄订桌。——哎,等等,商村,周末你有空吗?有空我们就定了。

商村边写边点了头。

办公室里已经像发了红包那么热闹,一干人的话题全部是体育彩票,哪里哪里的人第一次买就中了一千万;哪里哪里两个退休女人,为了中奖的彩票撕破脸面打官司;哪里哪里有个疯子,随便说的号码都布满玄机,你悟得出,绝对中奖;关于彩票的号码规律……说了半天,黎意悯发现,只有巫商村没有参加彩票讨论,回头看他,他还在一个劲儿地练狂草。黎意悯又走到巫商村桌边,看了一会儿他的字说,你这个"啸"字力量太过了,飞白这笔我觉得有些生硬。巫商村唔了一声,继续写。是不是周末不方便?黎意悯压低嗓音说,你看上去不开心,和老婆打架了?巫商村笑笑,腕上的毛笔,仍然在大写"海啸海啸海啸"。

我可是希望你来,没有你帮我选号,我还中不了呢。你要来!

来。

"啸"这个字就是不好写,你写这么多"海啸"干吗?嘿,"海"的写法比"啸"多多了。我来写一个!笔给我!

巫商村就把笔给黎意悯。黎意悯写得很认真,"海"字写得墨汁饱满,很端正。但"啸"字,写得很拙劣,连结构都很幼稚。嘿嘿嘿嘿,黎意悯说,愧对书法世家喔。黎意悯不甘心,开始专攻"啸"字。巫商村到饮水机打了水过来,黎意悯还在写"啸"字。黎意悯说,集团竞聘下周就开始了,上次我跟你说的,总裁助理的岗位,听说会拿出来,那我一定要去争取。

好啊。你总能心想事成。

不知道有几个竞争对手。我是不怕的。

不怕就好啊。

到时候,我的竞聘演讲稿,你要帮我看看。

难怪请吃饭,拉票呢!

屁!你还不知道我啊!你和他们不一样,你一直相信我的能力的。

七

荣记深海渔庄上的都是珊瑚鱼。苏眉一斤三百五十块,东星斑和老虎斑也都是百元以上的价格。包间桌上摆了两个电磁火锅,所有的珊瑚鱼都是按部位片好端上来的,单调味酱每人就上了三样小碟。东星斑是鲜艳的橙红色,通身洒着小白点;昂贵的苏眉则是蓝色、湖绿色加烟丝色,尤其是老寿星一样的头部,全是迷宫一样似格子非格子的三色图案,顶部则布满美丽的绿豆细圆点。切开的皮有虾片那么厚,厚厚的鱼皮截面都是蓝绿色的,带着透明的胶质感。老丁边吃边叹息,怎么能啊,怎么能吃掉这么美的鱼啊!怎么能啊,这个鱼只能放鱼缸里观赏啊。

两个女职员也像黛玉葬花那般叹惋着吃,但整桌热气腾腾十来个人都吃得很兴奋。巫商村爱吃鱼,他也和朋友来过这家,看黎意悯点的鱼,他知道今天这餐至少两千块打底,有意为黎意悯点便宜的啤酒,却被几个家伙改成了大金门高粱和鲜榨果汁。因为喝酒,又是周末,大家疯得很厉害,黎意悯后来抱着巫商村的脖子劝酒,村大哥——阿村——我的亲大哥哎——你就替我喝了这杯吧……

　　第二天上午起来,巫商村的老婆就问昨天怎么喝成那样?回来都几点了!

　　巫商村说,吃了深海鱼,那些人又要去唱歌,所以晚了。

　　请谁啊?

　　都是办公室的人。黎意悯中了体彩,五千多块钱奖金,大家就吃大户了。刚说完巫商村就后悔了,果然,老婆说,她请客?——她中了彩票?——她还你钱没有?

　　巫商村走到凉台上逗小鹦鹉。老婆却跟了过来。我说,黎意悯她还你钱没有?就那个误餐费。

　　还了,还了!你什么时候变得这么计较。

　　老婆跑到鸟笼边盯视巫商村。

　　不对,她没还,肯定没还!我看出来了,你在敷衍我!

　　唉,就算没还,这一点钱又算什么呢?人家昨天请客,一请就是三千。那一两百块就算送她也不吃亏啊。你也知道,我就爱吃苏眉——你看我都把钱给你吃回来了。

　　这不一样!请客是请客,捐款是捐款。我怎么知道她为什么请客,这个人精得很。就算是中奖,她会舍得把钱全部吃掉?肯定是哪个领导去了。万总?余总?还是集团总裁?

　　一个领导也没有!巫商村恶狠狠地说。他只有对老婆脾气糙一点,除外,他对所有人都非常精细。现在之所以糙,是老婆戳到了他不愿意想的东西。实际上,他昨天也这么说过黎意悯,但在心里,他不相信黎意悯是个拉票的人。

那也一定另有所图!

人家不是老送礼物给你吗?她图什么?

我怎么知道?她心机那么深,她的礼物,我都不爱说,她给我的那些名牌衣服,全部是打折的!两千块的衣服,其实就值两百块!

两百块不也是钱吗?

可你心里不就还记着两千块的情吗!这人不得了呢!

巫商村开始给鹦鹉喂食面包虫。

老婆说,有些女人哪,就是以为可以白吃白捞男人的,捞一点是一点,金钱方面就糊涂装傻,可都是傻进不傻出。有的男人傻乎乎的,还以为这女人单单只对他好,只对他撒娇,是喜欢他呢。其实,这种小算盘小把戏,别想蒙过聪明人!她还以为自己很高明很可爱,却不知道聪明的男人在后面根本瞧不起她!

呵,我就是那种笨人了。

少来!除非你真的迷上她了!

你看我会喜欢那种"八婆"吗?

话一出口,巫商村自己暗暗吃惊。怎么会这样评价黎意悯呢?是为了让老婆宽心,还是误餐费搅乱了脑子?巫商村觉得自己很失态,并为此感到不快。

他开始吹口哨逗弄鹦鹉。

老婆说,反正我算是看透这类女人了!有两分姿色就以为可以横行天下!我敢保证她不会还你钱啦!我看啊,你不如到你们工会把海啸捐款的名字改成巫商村得了,也算实至名归。

八

如果要把蛇变成钱,最好的办法就是把它吃掉;如果要把钱变成蛇,最好的办法,就是把钱借给别人,而那个别人有意无意地——就是不还你。

巫商村看着五星广场上一对在旱冰场上双燕滑翔的青年。对面的位置空着,黎意悯去了洗手间。透过玻璃水幕墙汩汩薄薄的流水,巫商村看远处那个绿衣滑冰女的腰肢,越看越像一条小青蛇。而那显然偏瘦的黄衣黑裤的男子,也舞出了金环蛇的意思。虽然他们不时双双并肩,做出飞燕掠空的样子,但没用,还是像蛇。巫商村看了看对面的空座。总是这样,离去时,黎意悯要去洗手间好一会儿,等她再出来的时候,就会像出水芙蓉一样清新了,雪肤红唇,神采奕奕,甚至比进来前还鲜亮动人。

公司的通告已经贴出来了,中层竞聘工作全面展开。巫商村不喜欢管人,身体也不太好,所以没有参加竞聘。办公室很多人都在为竞聘工作而努力,据说有人开始托找关系,上领导家活动。黎意悯对此很不屑,她需要奋斗的岗位就是总裁助理,整个集团已有五个人报名,就是说有五个竞争对手。其中有个女竞争者英语口语特别好,这是这个岗位的重要条件;还有一个竞争者,对公司主营的三大业务都非常熟悉。黎意悯的外语和业务水平都不比那两个竞争者突出,但是,黎意悯的综合水准要比另外四个都强,比如她的亲和力、公关能力、天生的效率意识和对事物本质的把握能力。而且,她已经屡次受邀客串该角色,这个岗位的经验,正在迅速积累中。据说,黎意悯还颇得分管的市领导的青睐。但是,这次竞聘是场恶战,因为另外三个,据说都是有省里的人关照的。

今天在查箸咖啡厅,黎意悯和巫商村就是讨论竞聘的诸方面问题。

黎意悯希望在竞聘演说上赢得高分,因为演说时,所有受邀职员代表要当场匿名打分;集团还专门邀请了专家组成专家组,当场提问,最终形成专家分;会后,竞聘领导小组还要进行群众个别谈话程序。这些之后,再进入集团最高层研究。

巫商村帮黎意悯修改了演讲稿,逐项分析了她的优势。今天的提拉米苏没怎么吃,但黎意悯对巫商村说话依然没遮拦。她说,我对自己有信心,可是,我对结果毫无把握。

巫商村知道她指的是总裁。黎意悯说,他的上唇左边薄右边厚,整个嘴巴看上去,像猪肝雕刻的牵牛花,一张嘴一口歪牙,不干净,恶心。

那你就看他的眼睛吧。

他上午打我手机,问我竞聘准备情况,让我晚上去他家,把演讲稿给他看看。我说太打扰了,他说,没事,他太太去新西兰旅游了。我说不巧,我男朋友晚上的飞机,要接机。

那你就别竞聘这个岗位。

当然要!一人之下,千人之上。舞台多大啊。我知道我能干好。这是我才能杠杆的支点。我能撬起世界。

那凭什么嫌弃人家的猪肝牵牛花。巫商村一笑,要奋斗就会有牺牲。

我哪里牺牲得少呢。你以为我是超市吗?

出门买单的时候,巫商村以为黎意悯会掏腰包。实际上每次两人都会争先恐后地掏腰包,但最终还是心照不宣地按轮流做东的潜规则出牌。论潜规则,今天是该轮到巫商村,但巫商村认为今天办的事完全彻底是黎意悯个人的,他还赔出了一晚上时间。按理,黎意悯该主动地、歉疚地买单。巫商村这么想着已拿出钱包,说我来,并手脚利索地买了单。他的心思像小蛇一样分叉:我现在是不是变得过分计较了?黎意悯是不是太精明了?

九

黎意悯的竞聘演说很不错。实际上她一亮相就得到了挺高的印象分，棉质白衬衫，线条利索的烟色长裤；发型很漂亮，不像另外几个竞聘者，个个都像是刚从发廊吹整出来的，黎意悯是自然的，透着女人些微的妩媚和自信。脸上很干净，化了妆但精致得看不出来，目光明亮纯净。这是巫商村的形象建议。

演讲稿也是巫商村拟大纲，关于集团的经营思想、状况的分析和对竞聘岗位的理解以及任职设想，是两人讨论的，黎意悯写初稿，巫商村润色。黎意悯还是紧张了，尤其是她念了个错别字。这个在预演的时候，巫商村已经纠正过她两次，没想到她一紧张还是念错了。但是，黎意悯可爱在，她怔了怔，羞涩地一皱鼻子，说，喔，又错了！——我从小就只念它一半。这次我还专门查过字典，一紧张又忘了。所有的员工代表几乎都笑了，几个专家小组成员也宽容地微笑。巫商村注意到，当黎意悯演讲完，他身边视线所及的员工代表，好像都给黎意悯打了"称职"栏的高分或较高分。

接下来的程序是，竞聘小组找竞聘者所在部门同事"背靠背"谈话。

小组成员分头找人谈话，组长把巫商村请到小型会议室。会议室掩着门，组长和巫商村一人一支烟。组长说，商村啊，大家都说你是最了解小黎的人，而你的人品一贯沉稳，有口皆碑。希望你能本着实事求是的精神，提供最负责的信息。

巫商村微微一笑。你们要了解哪方面呢？是我把她从人才市场招来的，当时感觉不错，后来证明我们没有看错，是个挺能干的女孩，点子也多，对事物处理一下就能把握本质和要害。这是一种天赋吧。处理问题也颇有创意,不抠死道理,不过就是有点马大哈,丢三落四的,这大概是这类人的通性。

组长在记录,嗯,好,人际关系怎么样呢?

和人的相处的分寸,她把握得还是不错的。我看她颇有公关方面的潜质,应该说,给她机会,她会施展的。不过,可能你们已经听到大家会说她性情有些轻浮,个人生活比较随意,有人可能还会说,她在利用色相牟利,余总、万总什么的,都听她摆布,什么总助早就内定,老板早就许诺她,大家是陪她竞聘作秀之类——你们听听就是了,有些人也是嫉妒,不一定客观的,再说,金无足赤,人无完人,谁人背后不说人,谁人背后不被说?

组长说,是,是,老巫你说得很客观实在。你看她性情稳重可靠吗?你也知道的,总裁助理毕竟不是其他什么普通岗位。

巫商村说,我知道,但我一直认为像一夜情之类的私生活习惯,和工作能力、工作作风、工作效率毫无关系。我不喜欢也不接受一夜情,但绝不影响我尊重工作伙伴。

她经常发生一夜情吗?

这和我们的谈话目的有关吗?

唔,没有吧……但她怎么是……

总之,我相信她是这个岗位最合适的人选。

十

竞聘结果很快揭晓,新岗位获胜者被张榜公布,进行最后的公示程序。公告上,没有黎意悯的名字。

黎意悯落选。

因为一直认为自己稳操胜券,黎意悯还无牵无挂地出了趟差。回来看到公示榜,呆得迈不开步,眼泪唰地就流了下来。巫商村请她到查筶咖啡厅吃中饭,照例为黎意悯点了提拉米苏。

太苦了!还是苦!——换一块!

黎意悯已经换了三块提拉米苏。每块都嫌上面的巧克力粉太苦。第三块她干脆摔掉了水晶小勺子。你们今天到底怎么啦?!黎意悯指着领班的鼻子说,我从来没有吃过这么糟糕的提拉米苏!到底怎么啦!领班唯唯诺诺,黎意悯把叉子狠狠扎在提拉米苏上,为什么换了个该死的厨师?!领班说,没有没有,您是老主顾了,我不敢骗您,我这就亲自去问问厨师,对不起对不起,您稍候。

黎意悯突然拉住领班的袖子。她看了领班好一会儿,说,别去了……对不起,是我自己心情不好……黎意悯眼泪汪然而出。对面坐着的巫商村站起来,示意领班离去。黎意悯抬眼看着巫商村,忽然咬手而泣,无助得像个孩子。巫商村尴尬于餐厅里周围邻座因黎意悯突兀的哭泣声而纷纷投来的视线,连忙在黎意悯身边坐下,挽住她哭泣的肩头,不断拍抚她的背。那一瞬间,巫商村从心底里泛起内疚的涟漪。

晚上回家,吃过晚饭,《新闻联播》快结束了。看《天气预报》的时候,老婆说,喂,听说黎意悯这个大热门落选了?巫商村说,嗯。

不是你们各级老板都宠爱她吗?

巫商村没吭气。

你那天还说,她演讲得分最高,专家组和群众评议的分都挺不错的不是?

巫商村说,嗯。

那是怎么回事?突然失宠了?

巫商村没说话。

哪个小人这么厉害喔,居然破坏了这么牛的女官迷的美梦?

你操那么多心干吗?!

我才不操心,我操她的心干吗?嘿,我是操心我家的钱!我操心她当了总裁助理,就更不还我们家的误餐费了!

拜托你,宽厚点好不好?那两百八就算我们送她的,请你不要再提了!

送她?送人东西你也要告诉她吧?哪有这样不明不白的?这种人脸皮厚,她根本不记得这回事,送也白送!就是她记得也装糊涂,这样的送,你有什么人情?被人家耍了还不知道……

王子娟!你太俗气了!

我就俗,我还要打电话告诉她,你那份海啸捐款,是我们家送你的……

巫商村把手里的遥控器,摔向老婆王子娟的脑门儿。

寡妇的舞步

一

　　一盘手撕鸡，撒的是白芝麻；一盘老虎菜，撒的是黑芝麻。老虎菜里面的芫荽、尖椒、嫩刺黄瓜被麻油拌得鲜绿诱人。清锐的香气，几次挑破了厨房里弥漫的煲了一下午的红萝卜牛蒡龙骨汤的醇厚。一条石斑鱼，已经用盐、香叶、海南花椒、料酒腌好。过丽蒸鱼是"一手鲜"。她蒸的鱼，起锅时，肉质在透明与不透明之间，极其鲜嫩幼滑，筷子重了都夹不起，而鲜味却深入骨髓。一瓶法国卡斯特梅洛红葡萄酒，柜子里还有一瓶她自己喝剩的，但她想还是拿瓶新的好。

　　餐桌布也是换过的，是一个朋友从日本带来的。白色的，有几条斜拉的淡咖色粗条，它看上去像是钩针钩织的，白色细微的棉线圈清晰可见，但实际却是柔软的橡胶布。其实搬进这个新家不过半年多，原来的餐桌布也是新的，黄绿格子图案。那是和平选的。过丽一直不喜欢它如同牛排馆餐桌的样子。和平死了后，她有想过换掉，但拖着。当司马说要过来时，过丽就马上去柜子里找那块日本餐布了。

　　鱼要等司马进门再下锅，趁热吃口感才是最好的。过丽划开了一刀鱼肉最厚的部位。她拍了拍鱼,等司马一按门铃就开火。水开后,保持大火,七分钟就起锅。这个火候非常重要。

猫咪牡丹闻到鱼的腥味,跃上微波炉,盯着鱼看。过丽把它赶开。

更新的东西很多。沙发,这个也不算更新,但她把原来铺盖的沙发巾收起来了,露出了沙发本身漂亮的驼色。最彻底的更新是她的内衣,她一下子买了两套,一套黑色,一套粉紫色。黑色的是半罩杯的,能露出小半个乳房,它的蕾丝肩带也非常性感;粉紫色的罩杯是集中型的,能突显乳沟的丰美,但她有点犹豫,因为它配的内裤,其实就是丁字裤。有一次和平看一本周刊,径自哈哈大笑,见过丽没有问他笑什么,便自己说了。他说,过去的内裤和现在的内裤差别在哪里你知道吗?一个是扒开裤子见屁股,一个是扒开屁股见裤子。过丽也呵呵笑了,笑了就过了,过丽压根儿不会想到有一天,她会买这种内裤穿。和平也没有激情地说,喂,你买条看看怎么样。这就是十年夫妇日益寡淡的情趣。但是现在,过丽在和平死后三个月,买了这条丁字裤。她心里并不承认是为司马买的,她和他没到那个地步,她也觉得并非抵不住黛安芬内衣店小妹的浮夸:"哇,这么翘的臀部,你不穿真太可惜了!"她犹疑地摸着自己正在松弛的屁股。她不过是个体重开始超标的普通女人。但是那天,她终于还是买了。一套黑色的,一套粉紫色的,一下子两套性感内衣。

大雨欲下未下,天很闷热。这天开空调又太冷。她把风扇开到二挡。一只苍蝇没头没脑地飞进了屋子,到处嗡吱吱地打旋。过丽追逐扑打了一下,便为它开了纱窗,它却不懂得飞出去。过丽到阳台看看渐渐转黑的天空,她觉得天上积累了一场浩大的雨,迟早会下的。那时候天就凉快了。洗鱼的时候,她看了一眼天空,黑云压城的样子,没有一丝风。她还想司马的飞机会不会因暴雨延误,但是,马上她就想,云层上面从来都是晴空万里,应该没事。按正常时间,飞机应该落地了。司马的来访,已经显得越来越重大了。这个事实,过丽心里并不承认。可是,她不由得老是看时间,再有个四十分钟,最多七点半,司马应该就进来了。

猫咪牡丹又蹿上灶台,对着那条石斑鱼勾头探看。它似乎对生鱼及其涂抹的奇怪的调味料没有把握。过丽从阳台回头一见牡丹,跺脚尖叫。牡丹喵地逃跑。

过丽把鱼放进蒸锅。她闻了闻自己胳肢窝,又抖抖头发,决定利用这个空当洗浴一把。

二

房间里已经没有太多和平的痕迹,虽然这个新房子是他一手装修的。从设计草图开始,和平就觉得自己很有美学修养,所以,关于房子的设计与装修,他的态度是当仁不让的强硬。只有窗帘和灯具是过丽说了算的,代价是吵了三回架。过丽觉得和平这个男人,一辈子都很自负,其实本事一般。年轻的时候,过丽因为他用一支铅笔,三下五除二就把她活灵活现地画了出来而暗暗崇拜。女伴们都很惊羡,也要和平画,但和平最喜欢画过丽。画到三十张,或者更少一点,过丽就嫁给了他。那时候,她觉得嫁给了一个玉树临风的艺术家。等一起过日子久了,过丽就感觉,和平不过就是稀松平常的普通爱好者,从他在单位努力竞聘副科长起,画笔早不知被扔到哪里去了。过丽有时觉得自己嫁给了一个幼稚的梦想。有一次,她看到和平和水电装修工争吵,看他瘦骨伶仃,全身只剩下两颗大门牙还保持年轻时的宽大,忽然就感觉到女伴们说的玉树临风,实际是不负责任的客气话。看和平吵架的样子,过丽觉得他就是个玉兔干。

和平不该在装修完住进新房不久后就死去。别说普通夫妇,就是如胶似漆的伉俪,也难免在装修中有意见对抗,何况和平过丽是一对比较一般的夫妇。所以,双方吵吵闹闹地熬过装修期,心都疲沓得还没恢复弹性,他就发病了。再把全家人累了一遍,他就死了。这个结尾,真的收得很不讲究。过丽有时怀疑,他们到底有没有过爱情。每次听人家说,婚姻是爱情的坟墓,过丽就用很深沉的眼神追认。有时,过丽会举例控诉说,那次我把中长发剪短,三天了,和平都没有发现。过丽经常觉得,和平对猫咪牡丹都比对她更细心。

牡丹是和平姐姐的邻居家的猫生的。和平从小喜欢猫,姐姐为邻居分忧解愁,说,反正你们没有小孩,不如就养只猫咪。我去她家选只最漂亮的给你!

猫咪果然漂亮。深灰、浅灰、米色、淡黄,杂糅得像朵花。和平就叫它牡丹了。牡丹也最喜欢腻在和平身边,冬天依偎在和平膝头,夏天,两只前爪在和平瘦巴巴的软肚子上按摩。和平死于急性白血病。和平姐姐认为和平是累死的,言下之意有批评过丽的意思。过丽换了个机会,告诉大姑子,和平那种自以为是、事必躬亲的人,谁也帮不上。除非你想吵架。大姑子有一次来,质问过丽,你为什么把和平的照片收了?

过丽说,来打扫卫生的钟点工说害怕,我就收了。

大姑子说,他是主人,有什么可怕呢?

过丽说,她说不管清扫哪个房间,照片上的眼睛都盯着人看。她说要是老人她才不怕。可是那么年轻,一张大遗照……

你听一个钟点工的啊!大姑子说,和平为这个房子累到死,没有享受过,放张照片也不过分啊。

过丽说,不是摆了好几幅他的画吗?

大姑子走过去,一一拿起和平镜框大的素描,看着看着,眼泪掉在柜子上。一阵感伤强烈袭来,过丽也快哭了。她走过去,把手搭在大姑子肩上。两人就一起吸溜吸溜地哭了起来。柜子的第一格抽屉里,和平带镜框的遗照被反扣在里面。照片上,深色的西服领,雪白衬衫,眼镜使瘦削的脸形很秀气,很庄重,两颗兔子一样的大板牙被闭拢的嘴巴包藏住了。

两个女人哭完,相扶回到沙发上,泪眼婆娑地互相看了好一会儿,也没有什么话说,便互相把眼睛转开。过丽悲伤的泪水,红肿的鼻尖,让大姑子得到很多宽慰。大姑子说,是和平没有福气啊。

三

司马和过丽之间确实没有什么事,只有一次,酒后的司马,在酒店卫生间,把过丽扑住强吻了一把。之后过丽独自漱口漱了好一会儿,还是觉得有乱七八糟的异味。隔天还觉得舌根酸痛。这事,她没有告诉和平。她只是在想,他是真醉还是假醉?

但司马是暧昧的。这种暧昧,扑朔迷离。

司马比和平大了六七岁,是一个院子长大的孩子。在这个城市的老乡会上,和平带过丽认识了司马。过丽一眼认出这个意气风发的大肚子男人,是她大学时和外校联谊遇上的一个舞伴。过丽认出他,不是因为当年他特别高大,不是因为他有比较少见的复姓,也不是因为他右手拇指有奇怪的弯曲,而是因为他的舞步。那时,过丽在学校疯狂跳舞,舞伴如林。直到司马出现,她才诧异地发现,原来这个世界上,有一个人的舞步,会和你的步伐协调到有如一人,简直不分你我,只有阴阳合一。她裙角飘舞,感觉自己像浪花一样起伏飞旋,而他就像每一朵浪花的花托,移步换形贴切至极,她的力量被他同步传递,他们的步幅、节奏、身体的韵律,协调如双翼天使。她简直诧异自己在一个陌生怀抱里获得的妙不可言的无界恣肆。每一次曲终道别,他都会在她掌心不动声色地抠划一下。就那个不像大拇指的大拇指,有点暧昧,有点肮脏猥琐。但因为他的舞姿,她更喜欢把它理解成特别的记号。

司马却不记得她了。她想,他也许和所有的舞伴都非常和谐,所以他不可能知道,有一个舞伴把他的舞步,铭记在唯一的位置上。

后来这个两房两厅是司马帮助和平过丽买的。当时,这个地处湖畔的楼盘还没有开盘,就被购房者登记爆棚了。后来,开发商开始拒绝登记,说已经是十七比一了,即十七个人登记,只有一个人能买到房子。在这样紧俏的情况下,和平过丽迷上这个临湖楼盘,和平便求助有权势的司马。司马说他试试看。之后,司马给过丽发了两条短信:你真想要这房子?第二条短信是,你真的要?

房子买成了。和平因为司马够朋友而踌躇满志。夫妻俩买了东西去谢司马。司马不收,反而送了他们很多东西。一年后交房开始设计装修,司马又让一个建材批发商照顾了和平夫妇许多优惠材料。司马从来不发黄段子,短信也不密集,而且极短,比如还好吗?或者最近别吃贝类。或者今天我生日。

装修后期,司马去外地学习半年。和平突发暴病身亡时,司马还在北京。他让妻子送来了慰问金。那个时候,司马的短信稍微多了一点。在过丽生日那天,司马发来了一条短信,比平时多了几个字:那天大醉,但我记得,你让我吻了你。

这就是最露骨的挑逗了,再就是几通电话。最后这个电话司马说,学期结束,他会提前一天回来,来看看朋友的新居。最后一天,过丽才知道,司马其实就是背着家人提早飞回,偷偷来她这儿一趟。

从浴室出来,过丽穿的是黑色性感的新内衣。外面是居家大衬衫、休闲短裤。在梳妆台前,她犹豫了一下,还是放弃了香水。吹头发的时候,电话响了。她心口猛然空了一下,头皮都紧了。接起来,里面有人在喊,老板!——你们不要加辣椒!

过丽把电话按掉。看时间,客人应该要进门了。她去灶台把蒸锅下的火打着,想想,又关断。她打航空问讯电话。她要掌握准确时间。你要吃到鲜美可口的蒸鱼,就必须研究鱼的品种、鱼肉的质地、肉质的厚度,甚至死亡时间。即杀即蒸的效果,和死亡两小时以上的鱼一样,口感都不好。过丽在打电话的时候,忽然发现猫咪牡丹坐在电脑桌那里,仰头在盯视空中的什么,就像发现了苍蝇。牡丹喜欢抓苍蝇,经常像人一样,直立身子,两爪合拍,扑击苍蝇。但是现在,空中什么也没有,空无一物。所以,她在等候问讯处答复的时候,也盯着牡丹。这时她发现,牡丹盯视的目标是移动的,它盯着过丽看不见的目标,聚精会神地转动着眼球。过丽忍不住叫了一声牡丹,牡丹噢地跳下桌子,仿佛压根儿没有专注过什么。牡丹若无其事地向过丽走来,然后跳上沙发,又用前爪搭在她胸口,慵懒地拉伸自己斑斓的身子。

过丽呆了一下。猫咪古怪的眼神让她有点张皇,虽然极其轻微,但心里还是空了一下。飞机没有误点,也就是说,客人司马随时要进门了。

四

客人司马似乎没有做好准备,他进门的动作是笨拙别扭的,玄关一过,不知怎么的,自己绊了自己一下,他倒是利索地扶住了鞋柜顶,但这动静让宾主都有点尴尬。客人穿着北方的两用衫,离开南方半年,他完全忘了这里还是燠热夏天。正在变稀疏的头发肯定不久前在洗手台抹过水,一副不自然的整齐。第一秒钟的问候,就让过丽滋生了一点幽微的、她自己也不愿承认的轻蔑和厌倦的感觉。

随司马进屋的,除中型拉杆箱和电脑包外,还有一束鲜花,一大束美丽而普通的鲜花。刚才磕绊的时候,司马手里的花束就自然地、像摔也像放地磕到了鞋柜顶上,一个射灯照在它上面,很醒目。司马笑着说,祝贺乔迁之喜!过丽感到不自在。她完全想不到这一节。客人司马也感觉到有什么不对劲,他很快明白了,不该送花的。相会的激情,竟然让他昏了头,忘记了这屋子里暴病而亡的男主人。

他咳嗽了一声,又假装很严重地咳嗽了几声。

过丽笑说,你洗洗手啊,我蒸鱼。七分钟就好了!

过丽在厨房,调整出非常关心的语气,说,北方很冷了吧,看你好像感冒了,是着凉了吗?

司马在洗手台,又庄重地清了清嗓子,说,啊,没事,喉咙忽然痒了。司马走出来,自己抽了餐桌上的纸巾,款款擦拭湿手。他的情绪越来越稳重自然,他说,来,带我看看你的新家吧。

过丽在厨房轻笑,那种咕咕咕的笑声好像鸽子飞过。和平要是活着,就会听出这是过丽很不自然的、殷勤而谦虚的笑声。她说,一般般了,我已经过了刚搬进来的新鲜劲儿啦!她走了出来,摘掉围裙。

她款款走在司马前面,把房间灯一一打开,手势优雅地介绍房子情况。到书房,发现猫咪牡丹坐在一个新疆小姑娘的画框边。这是和平比较得意的作品。司马过去的时候,牡丹径自跳下走了。司马拿起小画框看了看,似乎有点感伤。他说,小时候,和平喜欢跟我们大孩子玩,可是大家都不喜欢小屁孩,他就远远地跟着。他爱流鼻涕,爱画画。在操场上,他吸着鼻涕,随手就能画一幅画。他在报刊窗下的水泥地上画过一个蒸年糕的人,我不许大家擦掉它。你看,这都几十年过去了,人生祸福无常,谁能想到最小的人,走得比谁都快……

司马突然说,你没有摆他照片?本来以为可以祭拜一下……

过丽感到难堪,而且她看到司马虽然这么问,眼神却是我知道我明白的样子,好像是他理解她为了他的苦心。她脱口而出,不是的不是的,是家里的钟点工,她害怕……所以……你等等。

过丽拉开抽屉,把反扣在里面的和平遗像相框拿出来,把它竖靠在墙上。两人看着和平遗像,又互相看着。过丽对着和平遗像说,和平,司马先生来看你了!他刚刚学习回来。

司马双手合十,冲着和平遗像鞠躬,说,放心吧小兄弟,和过去一样,只要你家人需要,只要我能做到,我都会帮忙的。

这是一个计划外突然横生的情节,宾主双方都陷入了一种古怪的凝重状态。两人往书房外撤退的时候,司马说,唔,你还是把他的照片收起来吧,免得钟点工来了不安。

过丽转身,又把和平的遗照反扣进了抽屉里,关上抽屉。

吃饭的时候,司马把黑色的两用衫脱了,露出里面的米色翻领T恤,T恤有点紧,凸显了司马发福的肚子,但是他的脸色随之柔和了一些。过丽看他吃得热了,说,要不要开下空调?司马说,不用不用,有风扇就行了。过丽便把风扇调到靠近餐桌的方向。

司马又喝了半碗汤,连说好,好汤。对刚出锅的清蒸石斑鱼,司马一沾筷子,就看了过丽一眼。他赞不绝口。看得出他是真的爱吃鱼,也会吃鱼,连鱼刺摆放都有条理。这样精致考究的吃法,本身就是最内行的礼赞。过丽非常享受,直到看到他拿筷子那个细而弯曲的大拇指,她走了一下神,想起那些尘烟里的舞步。

司马也很敏感,他拿筷子的手轻微地停顿了一下。他说,这儿原有六个指头,后来手术劈掉了一个。

过丽很惊奇地问,噢?这里吗?你不说我还真看不出。天生的啊?

司马说,一出生就有啊,但是我爷爷奶奶都不同意做手术,认为去掉不吉利,所以拖到一年级才去做,在我爷爷去世之后。那时已经晚了,医生说,这种手术必须两岁前做。所以,这个指头发育很差,很难看。细得不像个大拇指。

我觉得还好啊,不注意根本看不出来的。过丽说。

看得出来,它又细又歪。司马说,小时候,因为六指,我被小孩子欺负嘲笑得很厉害。六七岁去劈指,手术很痛的,但我忍得住。多余指头去掉后,我把那些嘲笑欺负我的人寻机打了个遍。和平没有告诉过你吗?

过丽说,只记得他说你小时候是孩子王。

报仇,打出来的。

两人很雅致地频频举杯,小口小口地抿。高脚酒杯不断地、轻微地丁零一响,氛围渐渐有了点抒情的意思。过丽,听说你大学时,国标跳得很好,获过大学生什么奖。

司马一下子端起了肩膀,梗直了脖子。那是一个进入舞池的男士标准上半身姿势。

电风扇突然发出异常的动静,好像是什么东西阻滞了扇叶。司马看了一眼风扇,风扇上什么异物也没有。司马接着刚才的话题,笑了笑,表情很谦逊,说,年轻的时候,做什么都有激情啊。

风扇异常呼呼了十几秒就没事了。过丽也听到风扇的异常,但她的心思在那个尘烟深处的舞步上。过丽说,你是有固定舞伴吗——获奖的时候。

比赛那个?她还不错。不过我能带各种女孩,包括第一次下舞池的水桶。

这个回答,令过丽有点懊恼。这个对话再次证明,司马确实忘记了那个联谊的嘈杂舞会,他完全不记得曾经和一个女孩天衣无缝地起舞。过丽感到沉闷和沮丧。之前,她模模糊糊地以为,司马对他们夫妇,尤其是对她的好,多少和那个绝配的舞步有关。那个舞会,他两次在她手心不动声色地抠划,这应该是一个特殊的记号。可是现在,看起来,不是这样。不知为什么,这个已经确凿的遗忘,她就是不愿意说出来挑明。也许说出来,司马就能恍然大悟,大家笑一笑更贴心,她也曾想用无所谓的口气调侃一下的,比如——嗨,我也和你跳过舞啊!我们当时风靡全场啊,可从来没有一个舞伴把我带到那个境界呢。——可是,她就是说不出口。

两人又举杯。司马一口气干了,示意过丽也干掉。过丽有点沮丧地推诿,司马站起来,看那个姿势是要过来灌酒,也许是抚慰、呵护,或是别的什么举动,反正他冲着过丽站起来了。就在这个时候,书房里一声响动,啪的一声,非常突然,简直惊心,宾主一起往书房里看,猫咪牡丹安静地坐在书房刚才放和平遗照的位置上,而旁边的一个和平的画框子,已经从高处摔在了地上。

应该是猫咪牡丹把它拨下去的。

过丽起身而去。猫咪端坐着,黑豆大的瞳孔外圈,灰绿色的虹膜云母般变幻,它眯缝着又睁大,看上去迎接了过丽的走近,但又穿越了过丽。她盯着那对眼珠子,忽然感到空虚莫测,那目光,像看到了人间以外。过丽打了个寒战,挥手把牡丹赶下了台。牡丹喵的一声,忽地下地而去。

司马沉默了很久。他的表情平静,但一言不发。

五

回到餐桌,过丽也沉默了一会儿,但她很快意识到,不说话是不礼貌的。于是,她询问了司马关于北京、关于学习班的事。她举杯相邀。

两人再次举杯。司马说了一些学习班里的事。司马还给过丽看了自己手机里的两个段子。过丽笑着说,这么好玩!你怎么不转发给我呢?司马说,乱七八糟的段子太多了,哪里看得过来。过丽由衷地说,当领导就是好啊。

两人都学聪明了,有些煞风景的敏感话题都默契地避开了。在双方的默契和酒精的作用下,屋子里的祥和浪漫氛围,一点一点又建立起来了,就像两个孩子,小心翼翼地搭高了积木。

司马的一根筷子被碰下桌,两人同时弯腰。

过丽说,我来我来!捡筷子的时候,过丽在自己的脑海里,清晰地看到自己半罩杯的乳房。这个姿势弯腰,大衬衫的领口,当然是一望到底的。她却没有马上站起来,她保持着这个姿势,仿佛突然想起什么似的抬脸问,对了,我腌的洋葱也很开胃,要不要我去冰箱给你拿点?

司马说,嗯,洋葱好,降血脂……

电风扇再次发出异响,就像有布片被吸到了叶片罩上。很快地,它又消失了。司马和过丽都看着风扇,过丽站了起来。看了一会儿风扇,她进厨房给司马换了一双筷子。出来的时候,猫咪牡丹已经自己跳上一张空椅子,也是端坐着。这椅子在过丽身边。

过丽也坐了下来,又为司马斟酒。司马说,咦,你的洋葱呢?

噢!真是!真是的!我的脑子有点乱!过丽跳起来,牡丹以为她的剧烈动作是要驱赶它,所以,立刻避身要跳,司马连忙安抚它,想摸它的头,牡丹毫不客气地回咬他,司马吓得缩回手,手上还是挨了一下。过丽说,啊!咬到了?该死的!

司马呵呵笑,说,没事没事,划了一下。我小时候养过猫。

过丽拿了一碟腌制的洋葱,刚端上餐桌,电话就响了。手机还在充电座上,过丽走过去看到是大姑子的来电,心情有点黯淡。她说,喂,你好啊。

大姑子说,老付明天飞兰州开会,东西都收拾好了,刚刚天气预报说冷空气来啦,要降十多摄氏度,我得给他再塞个滑雪衫!你大拉杆箱要借我。

什么？这才几月啊？夸张了吧。

他问那边的人了，他们已经穿薄毛衣了。再降十摄氏度，我们南方人肯定受不了！

大拉杆箱……我可能要找找呢，现在这家里，东西乱得……

我知道，就在储藏间那个高柜子下面。

老付明天几点的飞机？要不我明天给你送过去，现在我不在家。

那你几点回来？现在快九点半了呀！刚才下过好大的雨，你在外面干什么？急事吗？

过丽脸越来越长了，她说，几个同学聚聚呢。回去早的话，我联系你。没事的，你放心好了，明天一定给你。

你在哪里？

哎呀，我回去找找啦，尽量不耽误老付的事啦。

那……

过丽说，好啦，别担心，我手机快没电啦，挂了！

过丽放好电话，看到司马和牡丹似乎讲和了，牡丹又坐到空椅子上，它和过丽坐餐桌一边。司马在对面，但司马开始给牡丹喂鱼骨头。

见过丽坐回来，并没有提电话的事，司马说，是有事吗？

没什么事，过丽说，有人要借我箱子，叽叽歪歪的，真是心血来潮。

你跟他说你不在家？

很烦她。一个包装不下，就两个包好啦。箱子有什么好借的，真是。什么人什么德行都有，她就是有事没事爱来我家，检查团一样……

电风扇再次发出被什么遮挡的呼呼声。这回，宾主两人都一起看着它，没有说话。风扇在转动，看上去很正常，那上面没有任何遮挡物。但是，它确实发出了被什么挡住的呼呼声。司马说，风扇电机可能有点问

033

题。关了吧,你还热吗?

过丽摇头,不,一点也不。你不热就关了好了。

司马伸手把风扇关了,但他起身去开窗。黑色而清凉的风,一下灌进了屋子。过丽说,刚才下过大雨,我们都不知道。这鬼天气,憋了一个下午,早就该下了。

司马说,外面空气很好。

过丽说,小时候,一停电我们都很害怕。我也害怕白白的蜡烛,死了人似的。我爸爸就会划火柴,划一下亮一下,再划一根,再亮一下,我爸爸说,主要不是要亮,是硫黄的味道可以——

过丽突然闭口,她停住不说了。她心里无比后悔,后悔到恨自己,怎么能在这个时候想起这么个话头。她假装去厨房里拿东西,离开了餐桌。

可以什么?司马在外面问。

过丽假装没有听到。司马说,你是去找火柴吗?我身上有。我们住的酒店都有这种红头火柴,我有带。

不要不要。过丽否认着走了出来,而桌上,已经放了一盒银色的、精致的酒店小火柴盒。司马拿着一根红头长棒火柴,准备划。他笑着说,可以什么?说出来听听。

没什么,说出来很无聊。

司马笑,别卖关子。

就是那个硫黄味道好,我爸他们老家人迷信,说是鬼怕硫黄的味道……

司马哈哈大笑,笑得爽朗却有着掩不住的突兀。这样的笑,并没有宽解未亡人的心,过丽反而感到莫名的不安。司马说,是你爸爸舍不得把火柴划光啊。过丽目光怔怔地,在走神。司马说,喂,喂。再给我点醋吧。

过丽赶紧起身去厨房。司马说,怎么像点中了穴道,跟你说话都听不见了。

唔,过丽说,我在注意外面是不是又下雨了,刚才……

司马已经没有在听过丽说话了,他的注意力被牡丹奇怪的表情吸引过去,正如之前过丽注意到的那样,猫咪牡丹全神贯注地盯视着空中的一个点,它的瞳孔在集中和扩大变化中,那个点,却空无一物。司马什么都看不到,可是,他能从牡丹的眼睛里,看到它确实存在,而且在移动,不断变换位置。牡丹有时整个脑袋都因此移偏了,但它始终目光炯炯,里面的云母绿,色泽闪动翻转,那里面邈远虚空,深邃无际。司马这个肥壮的大男人,看得心里有一丝丝发凉,他想伸手揽猫,但又不敢伸手摸猫。牡丹的耳朵,因为目标的移动,因为极其专注,两只耳朵有时拧得像尖锐的红缨枪。也许,它们在变成异度时空的雷达天线。

过丽也注意到了异样,司马的、牡丹的。他和它,显然都隐隐屏住了呼吸。猫咪牡丹已经成为屋子的中心,它就像这个屋子里唯一的眼睛,一个清醒者,一个黑暗中的船长。过丽突然愤怒了,她喊的一声,辅以猛烈驱赶的手势,把牡丹从椅子上撵了下去。

挺乖的猫,喂它鱼都不吃。司马的声音也变得古怪生涩,他自己也觉察到了不自然,便又咳嗽了两声。

我还是更喜欢狗。你看猫的眼睛,就亲不起来。那里面一点感情都没有,深井一样,看不到底。我不知道和平为什么喜欢猫。

又说到和平了。两人似乎都意识到有什么不妥当之处,因此,一起静默了半分钟。猫咪的眼神也恢复正常,它无所事事地在地上弓起自己的身子,然后在门边司马的旅行箱上磨爪子。刮刮刮,响得很。过丽连忙过去驱赶。司马说,在我们老家,说如果狗一窝六只,必定有一只是猎狗;如果一窝八只,必定有一只狗是阴阳眼——它能看到——

玄关那边,有声音在响。是有人在开门,里面能清晰地听到钥匙串碰到防盗门金属咔嗒咔嗒的响声。

司马和过丽都怔住了,只有牡丹若无其事。

过丽死死盯着门,一只手不由得去摸司马的手,司马也握住了她的手。

门开了,开得很有力。

和平姐姐站在门口。

看到里面的人,大姑子的脸一下子暴红。她比他们更加惊讶,随即,愤怒,让她的脸形都改变了。

过丽放开司马的手,跳了起来,你——! 你怎么进来了!!

过丽淡忘了,一搬进新家,和平就留了一套钥匙在他父母家,以防不时之需。现在,大姑子赶着要大拉杆箱,便自己过来了。

豌豆巅

一

那一时刻,天地间有一种静悄悄的奇异感。大雨初晴的地面,就像天堂的舷窗忽开,楼前楼后的几片浅浅的水洼地,镜面一样,里面却是天,异常清澈的天和云。以前路面也有过积水,可是,好像从来没有这样天堂窗景的感觉,好像连路过的风都屏住了呼吸,呵护着水洼地面的至清至静。它纹丝不动,仿佛你一伸脚,就踏进了天堂。

提着豌豆巅从菜市场回来的瑞亚,站在自己楼前一米见方的水洼前有点发怔。她从水面往里面看,看不到地面的水泥颗粒、小枯竹叶,她一眼就看到了清澈的天空,真切、宁静,过滤了很多尘嚣。她出神地看着,当她感到自己的目光有几千万光年远的时候,心都空了。

瑞亚往山上看去,一只猫的身影也没有。

这场大屠杀,因为太惨烈太突兀,竟有点像噩梦般令人狐疑,有点不真实。女儿就要放假回家了,但是,猫们一只也看不见了。那十来只漂亮的流浪猫一直生活在这里。前天,小区物业用毒鼠强将它们全体毒杀了。

沿山而筑的三栋住宅楼,从空中看,就是一个"三"字。楼中隔是草木茂盛的宽大绿地和狭窄的水泥车道。一条三角梅掩映的步行石阶,把三栋楼及中隔的绿地串联。每个早晨或傍晚,在楼与楼间隔的绿地上,最常能看到的情景是老人和猫咪。老人打羽毛球、侍弄绿地上自种的瓜果或缓缓散步;猫咪们在绿地上静蹲或嬉戏,或者在橙色、蓝色的大垃圾桶里觅食。没想到,大部分老人都不喜欢猫。他们几乎不喂猫,也不喜欢有人喂猫,觉得那很脏乱。有一只猫因为淘气吓到了一位老人,那家奶奶就提了开水壶下楼寻仇,结果,一只绿眼睛的金吉拉白猫,从腋下到前肢,被烫得皮毛脱落,皮开肉绽,随后溃烂。被烫伤后合不拢的嘴巴,成天流像脓水一样的黏黏的涎水,所有的猫都嫌弃它。它曾是最亲近人的几只猫之一,也只有它敢等在开水壶边,信任奶奶泼给它的是鱼骨头,而不是开水。女儿在一次放学后发现了这只孤独的残猫,一路哭着上楼,请求父母帮忙,要把金吉拉捉住,送往宠物医院急救。但是,这只对人从此丧失信任的金吉拉,怎么也不肯让女儿接近,脓水滴答粘连的喉咙发出野兽般的低吼。一次次努力失败,束手无策的小丫头掩面无声无息地哭泣起来。

后来,这只猫就不见了。可能是得了败血病,也可能是活活饿死的。瑞亚觉得它是找到了一个有尊严死去的地方。

山岗上猫的名字都是女儿起的。从她搬过来住的初中开始,她悄悄地给它们起名字,做得有点害羞,不自信。瑞亚就学她叫,孩子特别高兴,渐渐自然地用这些名字评说猫们了。妈妈,埃及艳后总是抢不过其他猫,它很可怜。女儿说的"埃及艳后",是一只黄黑白三色相间的漂亮母猫,有着极为粗重的黑眼线,眼线尾也很长,果然有埃及艳后的神韵;有只深黄色的长毛猫,她叫它"张飞",不管是觅食还是奔跑,张飞一条蓬松如帆的长毛尾巴总是笔直朝天,滑稽可爱;还有一只短毛白猫,叫小波斯,一眼黄,一眼蓝;还有一只叫海盗,通体黑毛,一只眼睛却在白毛中,像戴了一只白眼罩;有一窝小猫三只全是黄毛白胸围,她没有办法起名,便通通叫它们"小围嘴"。去年,女儿考上寄宿高中,一周回来一次,每次回家第一件事就是沿路噘嘴吸口哨,和猫咪们打招呼。一月前,瑞亚告诉小丫头,山头新添了一对非常漂亮的小白猫,长毛,一只白猫两眼湛蓝,另一只白猫却是一对金色瞳仁。

女儿四岁才开始说话,五岁还说不出一个完整句子。她安静、沉默,喜欢自己的小房间。一度被当作"星星的孩子"观察治疗。实际上也被送去过轻度孤独症孩子的康复式夏令营。但是,女儿还是摆脱了自己的小房间,她开始说话了,她和蚂蚁、飞蛾、千脚虫说话;和花盆里的海棠、文竹、杜鹃花、令箭荷花说话;她和所有的小动物、所有的花草树木说话。一旦被大人发现,她就满脸通红。她到底摆脱了自闭儿嫌疑。只是,她依然不能和他人直视,情感也极为脆弱。读小学的一天,一只蜜蜂在阳台蜇到了她,父亲驱打蜜蜂时随口说,其实它也活不了了,蜇了人的蜜蜂也得死。只听到一声轻浅若无的尖叫,小女孩用力仰着脑袋,目光追随着在阳台上盘旋的小蜜蜂,两颗清亮的泪珠慢慢越过眼睑。后来她跑进自己的小房间,怎么叫都不肯出来。

丫头在长大,一直没什么朋友。直到高中寄宿,她和一个叫春心的室友有了比较密切的往来。父母很宽慰,也爱屋及乌。春心的父母离婚了,母亲靠一个小小的影音店过活,平时还给别人定制一些宠物狗的棒针毛衣。所以,女儿在春心那里,听到不少宠物逸事,也听到很多不同类别的音乐。从小看惯父母厮打的春心早熟。前不久的一天,女儿回来问,你们会离婚吗?瑞亚很吃惊,不知道她是怎么看出父母婚姻的困境的。女孩说,也没什么,春心说她家现在就很安静。女儿说这话的时候是三周前,彼时瑞亚生气地摔了一口砂锅,自己也被咸粥烫伤了脚背。起因是丈夫手机里突然跳出来的一条暧昧短信。

二

每周五傍晚,夫妇俩都会一起驱车十多公里,去学校接女儿回家过周末,有时也顺带接春心。周日傍晚,再把她送回学校。但这三四周以来,夫妇俩因为冷战都不说话。所以前三周都是一方去接女儿和春心的。他们会告诉丫头,哦,爸爸今天有接待啊,或者妈妈同学聚会什么的。

小区用毒鼠强杀猫是这周三进行的。瑞亚不知道,晚上洗澡前,她照例会在卫生间推窗,像女儿那样噘起嘴唇,从门牙缝中吸气般吱吱唤猫。这个时候一般是夜里十一点左右,她会因偷懒而偷偷地把鱼头鱼尾拌的饭抛一小塑料袋下去,有时直接撒女儿买的猫粮颗粒,撒豆子一样,猫咪们倒都很爱吃。起码会来三四只,多的时候八九只。所以,每夜,瑞亚吸气的口哨声吱吱一响,猫咪们就欢快地沿着石阶下来了。更多的时候,它们会早就坐在那里,非常安静地仰望她家窗口。他们家在中间这栋楼的三楼。不过,有时候瑞亚会忘记喂,偶尔太晚回来,下面一只猫咪也没有,可能是空等无望后到别的地方觅食了。

周三晚上,看窗下没有猫咪。瑞亚看表才十点半,又吱吱了好一会儿,终于来了一只,好像是埃及艳后。它行动迟缓,抛下去的鱼头鱼尾却不吃。埃及艳后显然是怀孕了,身子浑圆笨重。瑞亚想,夜里三四摄氏度的低温,它没有吃饱肯定不行,便又撒了把猫粮下去。它似乎依旧不感兴趣,走近闻闻又慢慢移开了。瑞亚没有多想,关窗洗澡就睡下了。

次日,已经下楼上班的丈夫忽然急奔上楼,打开门,脸色发白,说,看到了吗? 公告! 他们在杀猫! 瑞亚没回过神。多日不说话的夫妇没有再说什么,瑞亚完全看懂了丈夫的表情里传递出的恐怖信息。她穿着睡衣和室内拖鞋,直接奔下楼。果然,在防盗门旁边,贴了张 A4 纸大小的公告。说管好自家小孩,小区统一投毒灭猫。这个通知太像过去消杀蟑螂老鼠的通知,瑞亚夫妇都忽略了。今天丈夫下楼时听到邻居议论才惊觉。一个邻居说,谁想出的这狠毒招儿?一个说,唉,其实它们有吃没吃,就挨过一天了,并不打扰人。

赶往上班途中的瑞亚丈夫心里堵得慌。他心里知道,和猫相比,他更担心的是女儿。丫头明天就要回家过周末,一只猫都看不见,小丫头怎么承受得住?她会不会失控?女儿一直是他最大的牵挂,他想,如果不是丫头,他们夫妇双方都可能放弃这段婚姻了。但这个女儿,她对弱小生命天生激烈的链式反应,实在纤美脆弱如雪绒花。

豌豆巅是豌豆的顶端嫩芽。女儿在不会说话的时候就爱吃豌豆巅,而且必须每天吃到它,不然就拒绝吃饭。也正是因为这样的固执,成为医院怀疑其孤独症的理由之一。这个孩子长大后,依然爱吃豌豆巅。烧汤、拌面、清炒都可以,只要有这个豌豆巅的味道。后来,她把自己的 QQ 名叫豌豆巅。父亲在上面问她,你知道豌豆巅为什么叫豌豆巅吗?丫头发出不解的表情。父亲说,巅表示最尖最细的部分,有巅峰的意思,也有娇嫩、柔弱的意思。在四川,人们夸女孩美丽,就可以说"豌豆巅"。两周前的一天,豌豆巅的个性签名忽然变成"我看到她和一个陌生男人抱别"。父亲看到后,上线说,这么有趣的签名啊。"她"是谁呀?后面是微笑表情。豌豆巅回复说,说着玩呢,"O(∩_∩)O 哈哈~"。父亲也打出"O(∩_∩)O 哈哈~"。不好再追问,父亲觉得"陌生男人"是妻子的旧恋人。

周五,也就是明天傍晚,那个叫豌豆巅的女孩就要回来了。这个周末,她再也看不见埃及艳后,再也看不见一直以来生活在这个"三"字形小区里的八九只可爱猫咪了。

三

提着一兜豌豆巅的瑞亚,怔怔地站在楼前的水洼前。耳边什么声音也没有,她就像被水洼中的天空带走了。她的出神,跟这个莫名的静谧有关。一个平常的周四下午的小区,凭什么这么安静呢?是因为屠杀的罪孽透明而深重吗?是小区人都开始悄声说话、蹑手蹑脚地走路吗?是什么让生活的自然噪声消失?肯定不是猫咪本身,猫咪们生前连走路都悄无声息,它们是构不成喧嚣的,只有夜里才偶尔听到它们发情叫春的声音。

周三早晨,看清公告的瑞亚一口气爬上两楼间的中隔绿地。一栋楼和二栋楼之间的这块绿地最大,中间还有龙眼树、杧果树、榕树。小区的猫咪也把这里当成社交活动中心。依然是穿着睡衣睡裤和室内珠绣拖鞋的瑞亚,她仔细搜找树下草丛,静悄悄的草木绿地里没见一只猫。一个小保姆模样的女子看出她是在找猫,说,没有猫了阿姨,昨天就死了好多。他们煮了两锅干部鱼,都拌了老鼠药。猫很爱吃啊,赶都赶不走。

一个送快递的小伙子,过来是想安慰瑞亚,可是说的话很恶毒:这小区,简直不是人住的!这么漂亮可爱的小动物,竟然被活活毒死!

瑞亚在这个有两个羽毛球场大的绿地上走。她找到了几只旧瓷碗,一个清洁工喝道,不要碰,老鼠药!瑞亚说,猫都毒死了?清洁工说,万一没死,他们说还要放药。反正你别动那个碗!还要用!

在两棵黄金榕树下,瑞亚看到了小波斯,它半闭着眼睛,嘴角上全部是血,血还在汩汩而出。瑞亚失声而叫,小波斯!那猫睁开眼睛,看了她一眼,动作上却是想移动自己,可是,它已经没有力气了。穿着睡衣睡裤的瑞亚眼泪直线淌落。她蹲下来,蹲下来的时候,绿篱深处,看到张飞蜷在那里,它嘴角的血已经发黑了。那种蜷缩的姿势,让瑞亚感到它死得非常痛苦。在一棵龙眼树下,有两摊呕吐物样的东西。一个物业清洁工在骂骂咧咧地诅咒死猫。更远的变压器塔座下,两只白脖子的黄猫,像平时怕冷一样挤在一起互相取暖。瑞亚很想过去看看,那一母所生的小围嘴,是不是真的在睡觉。清洁工像看出她的心思一样,一脚踢了过去,两只小围嘴果然毫无反应,身体没有硬,可是,踢移开的位置,能看到两小摊血迹。

瑞亚几乎喘不上气,她喉咙的气就是出不来,她使劲捏自己的喉咙咳嗽。清洁工看她的脸色有点害怕,嘀咕说,这和我无关啊,我们只是奉命做事,也不是我这个班下的毒。清洁工很不服气地把死猫丢进垃圾桶。

瑞亚闯进小区物业管理处的时候,里面的三个人因为她的睡衣睡裤而诧异。一个男人放下自己刚泡的茶,立刻递了一杯给瑞亚。瑞亚把它一把摔掉了。男人说,我们也不想杀猫,但是,前两天有只猫跑进离休楼。不知道它怎么进防盗门的。你知道的,老领导们一直觉得野猫太多是我们管理失职,你知道的,老人家的意见我们都很尊重……

四

果然,背着大书包的女儿从石阶一路下来,都在嗫着嘴唇吱吱唤猫。没有猫咪出现,她并没有在意。晚上的时候,她吃了很多豌豆巅。瑞亚照例把鱼头鱼尾收拢起来,拌上菜饭。女儿说,我昨天梦到埃及艳后生了四只小咪!说不定它马上要生了,我们要多喂点。瑞亚点头说,是啊,它总是抢不过其他猫咪。

饭后,女儿提着猫饭和一根火腿肠下去喂猫的时候,父亲站在窗户边看。

女儿很久才上来。瑞亚说,去了那么久。春心找你呢。女儿说,奇怪,都不来。我到处找,变压器、龙眼树和垃圾桶那几处地方都没有!它们都去哪里了呢?怎么都没看见呢?

是啊,瑞亚说,昨天晚上我也找不到它们。不过,今天上午几只猫咪都在垃圾桶那里,练杂技一样,走那圈细细的垃圾桶边,也不跌倒。

父亲说,猫就是怕冷嘛。晚上吃饱了就不爱出来了。刚才我接你,去车库开车时,小波斯还在车库大门那里对我喵喵叫。

瑞亚说,对了,昨天我看到海盗,把火腿肠都让给那两只最小的小白猫吃,就是蓝眼睛和金黄眼睛的那对小猫咪。看来最近大猫很多人喂呢。

多日不说话的夫妻一唱一和地说着猫。女儿脸上满是疑惑的神情,但她急着回春心电话。原来春心想来他们家住,因为她妈妈去进货,弄口有户人家死了人,吹吹打打的令她害怕。瑞亚夫妇很欢迎女儿的朋友。春心果然是个早熟懂事的孩子,进门就双手奉上一张光碟,说,豆巅说叔叔阿姨最喜欢圆舞曲。这个送你们,呵呵。春心笑起来十分明媚。

春心的到来,果然让豌豆巅不再注意楼下的猫咪。可是,夜里十点多的时候,瑞亚自己忍不住,拿着猫粮袋到卫生间窗前。她照例吱吱唤猫,依旧没有猫像以前那样从各角落出现,但她照例把猫粮撒了下去。有几粒猫粮落在雨披上,发出嗒嗒嗒干脆的响声。

没有猫。一只小身影也没有。

再也没有猫了。

周三晚上埃及艳后的出现,实际上是来道别的。中毒的它已经没有胃口,但是,它顺着她的呼唤挣扎而来。这只即将临盆的猫咪,用最后的力气,完成了诀别。

瑞亚的泪水漫上眼眶。她撒了一把下去,又撒了一把下去。下面是永远的寂静,她一下没控制好,哭出了声。这时,卫生间灯亮了,春心推门而入,看到阿姨泪流满面的脸,孩子尴尬而体贴地退了出去。瑞亚清醒过来,立刻擦干眼泪。女儿却没有过来。

周日下午,要送孩子们去学校前,女儿把春心送的CD片放进了唱机。

大客厅里夕阳斜照,楼下高高矗起的棕榈叶被金黄色的阳光投影在客厅落地纱窗上,摇曳着道不出的哀伤与风情。当然是圆舞曲,欢乐的舞曲有点生硬地在客厅里回荡,一下子就淹没了黄昏的哀伤。两个女孩手拉手跳起来,是完全没有章法的胡跳。父亲技痒难耐,忍不住过去指点。春心笑眼弯弯,我知道叔叔当年是圆舞曲之王。豌豆巅趁机停下来,一脸淡淡的羞涩。她以前是断断不肯这样跳舞的。

爸爸带着春心旋转,春心扭头看瑞亚,说,我知道,豆巅妈妈就是因为豆巅爸爸是天下唯一和她舞步协调的男人,所以就嫁给了叔叔。说到这里,春心打了个很深的喷嚏,她就像猫咪那样缩了一下,舞曲都被她浑身的一哆嗦打断了。

瑞亚不由得微笑。这是她和豌豆巅说过的关于她父亲的话。

一曲终了,女儿拉着父亲的手,推向妈妈。夫妻俩面对面,丈夫揽住了妻子的手和腰。这是《金与银圆舞曲》,他们彼此不易觉察地颠了颠脚尖,默契感已经遍布周身,圆舞曲的旋律在血管里一滴滴地滴落下来,缓缓荡漾,渐渐飞旋。来了,一分十九秒,《金与银圆舞曲》中最优雅辽阔的波浪开始依次拍岸。他们旋转如一片棕榈叶,在夕阳中谐和荡漾。瑞亚在这样甜美的波涛的怀抱中,感受到了前所未有的哀伤。

两只嬉戏的小猫咪直立着,用白茸茸的前肢,击鼓一样拍打对方;

埃及艳后在美丽珍葵底下慵懒地晒着下午的太阳;

石梯扶手上,几只猫蹲伏在上面,像几只大蚕茧一样安静;

小波斯在一辆吉普车引擎盖上欢快地扭转身子,有如优美瑜伽;

三只小围嘴在美人樱草间追逐,根本分不清谁是谁;

海盗埋伏在木瓜树干后,轻提着一前爪,准备袭击一只灰白色的小鸟;

…………

瑞亚在旋转中,潸然泪下。她低下头想掩饰眼泪,但丈夫的舞步是如此变化多端酣畅淋漓,在这舞步的飓风中,也许没有人能看清舞者的眼泪。然而,两个女孩都看见了。她们互相看了一眼,心照不宣地假装没有看到。

在学校大门口,提着行李走出几步的女儿,突然回身走过来抱了抱瑞亚。这个不习惯肢体表达的女孩,这个只有上帝才能收藏的雪绒花片,动作有点笨拙羞怯。她说,妈……别再吵架了……如果,孩子迟疑却坚定地说,你们真的想离婚,不要考虑我,我长大了。不过,豌豆巅说,这个世界,和你舞步一致的人,可能不会很多的,妈妈……

瑞亚用力抱紧了女儿。女儿不好意思地推开她。

瑞亚扭头看车内的丈夫,丈夫拿起驾驶台上的火腿肠,对她们晃晃。女儿嘴里发出吱吱唤猫的声音,就跑远追春心去了。这是她离家时拿的,总是这样,准备下楼时顺便给猫咪们吃,但没有碰到它们,她就把火腿肠放车上了。

会有一条叫王新大的鱼

一

阴雨天持续了三周半,劈头而来万里晴空,让人们有点中奖的呆怔。住高层的人不太敢多看天,因为天蓝得透黑,令人眩晕。放晴才一小会儿,家家户户的阳台上,就竞相披挂出万花筒一样潮湿的衣物,好像太阳把每一家都炸得杂碎流溢。小区里一栋栋高楼,就像刚升出海面的大方柱,挂满了筋筋吊吊的"海蛎海带"之类。

一楼,两家相邻的院子里,也都架着洗晒的被单、床单,绿篱上还有一匾红艳的枸杞。几只指甲大小的五月灰蝶,在两家院子的绿篱中翻飞。一个四岁左右的孩子,仰着脸张开双手,像盲人一样在院子里慢慢游动。她的手碰到摊晒被单的金属晾衣架,小身子停了停,猫下腰从被单下穿过,然后继续张着小手慢慢地移动,又碰到绿篱,她慢慢转身折回。那是院子的边界,小女孩沿着绿篱矮墙,摸索到两家院子中隔绿篱的稀疏处,用力把自己挤了过去。身上黄白格子的背带工装裤,都沾上了绿篱嫩枝上的积水和绿汁。

这样,她就到了隔壁邻居的院子里。小女孩依然保持张开双手的盲人姿势，进行探险似的摸索游走着。蹲在院子水池边修理水龙头的男人，站起来注视着出现在院子里的小客人。他觉得这个盲人小孩会摔倒，但是，他不能确定她是不是淘气。

果然，小女孩说："你在干什么？"

"龙头坏了。"

"怎么坏的？"

"关不紧了，漏水。"

"鱼呢？"

"什么鱼？"

"原来在这儿！"小女孩指着四季桂树说。

"原来你不是小瞎子。"

"鱼呢？"

"吃掉了。"

小女孩瞪大了她的小眼睛。她不再假装盲人，走到四季桂下，弯腰张望寻找了好一会儿，走到水池边。

"你真的把鱼吃掉了？"

他在水龙头连接口缠上生料带。小女孩又看看他家的防蚊纱门，小心翼翼地问："鱼在不在里面？"

"嗯，在我肚子里。"

他漫不经心地应了一句。小女孩说的是四季桂树下那一瓦钵金鱼，里面一直有几只金鱼在深绿色的水草里生活着。母亲前天晚上就是在那里滑倒的，鱼缸被倒下的一盆月季砸破了。月季本来在花架子上，花架子是母亲摔倒时企图用手去抓而拉倒的。母亲从医院回来，现场就被钟点阿姨收拾掉了。流出来的金鱼自然都干死了。

"你是谁？"

小女孩的怒斥是突然发出的,吓了他一跳。他低头一看,那张仰起的小脸上,一颗气急败坏的眼泪在闪闪欲落。他笑起来,如果不是施工的手太脏,他可能会拍拍孩子。但是,他只是笑了,没有任何认错表示。小女孩哇地哭起来:"你敢吃掉金鱼……"

他有点慌张,看看隔壁邻居并没有人出来。他对小女孩做出"嘘"的手势,请她止哭。"这是爷爷奶奶的鱼!也是……我的鱼。"小女孩说到后面,因为吹牛而底气不足,声音小了下来。但是,很快她又厉声说:"就不是你的鱼!"

"是我的鱼,是我送给我爸妈的。"

"他们在哪里?"

"就是你叫爷爷奶奶的人。"

小女孩愣怔着,脸憋得死白:"你是骗子!——坏人!"

二

"以后再漏水也别接了,让它流,接两桶水才省多少钱?这去一趟医院,两千多块钱,可以买多少吨水啊,你自己算!"

一个灰发老太太愁苦地坐在餐桌边,她的右边胳膊打着雪白的石膏,用绷带吊着。餐桌另一边是个几乎秃头的长眉老头,他拿着放大镜看报纸,另一只手悄悄地摸到糖果盒里,拿到一颗巧克力球。老太太啪地打了他的手一下,那颗糖球掉在盒子里。手自然缩回的老头好像压根儿没有偷糖这回事,他低下脑袋,假装更专注地用放大镜阅读报纸。

做儿子的把客厅的顶灯、壁灯啪啪啪地全部打开。那个重重的动作,看得出他很不高兴,但灰发老太太站起来就过去关灯。儿子吼:"你省这个电费干什么?老爸都快趴到报纸上了!"

"大白天的,开什么灯啊。"

"这是一楼!采光差!这么昏暗不难受吗?"

"暗点儿我才舒服。"

"你舒服我不舒服行不行?!"儿子又把灯打开。

"太刺眼了。"

"你到我家怎么没说刺眼?——成天不舍得开灯,哪天半夜起来摔一跤,你就知道住院费比电费贵了!"

"谁家大白天开灯啊?"

"——别这么省行不行啊,我的老妈,水啊、电啊、煤气啊,你就放心用吧,都一把年纪了,你可以享受了。难道摔断了手腕教训还不够?要是你也像冯欣公公那样摔成偏瘫,那你就要害死我和冯欣了。"

"亲家快出院了吧?"

"不知道。"

"我和你爸是练太极拳的,我们才不会像他那样不禁摔。"

"拜托!"

"他成天打麻将,不爱运动……"

"你管好自己吧。老爸又不能当人用,你再有问题,冯欣要疯了,她公爹都照顾不过来,小卷马上中考,我可是请了年假来陪你的,拜托你了!"

"我叫你不要来,谁让你请假?我指挥你老爸他还是会帮我两下的。钟点阿姨不是上午都在家里?"

"好啦好啦!够了!"

"上个月搬来的邻居也很好,他们有个保姆,很勤快的,叫春好。有急事,我可以叫她。"

"他家有个三四岁的小女孩?"

"你看到小袜子了?她妈妈眼睛瞎啦。"老太太来了兴致,"听保姆说,是车祸。只剩一只眼睛有一点点视力,根本看不出她瞎。听说她老公还是老板。"

手机响了,儿子在接电话。

"一米二,对,装在马桶前面的墙上做扶手。够了,我量过了。哎对,你们那儿有没有防滑垫?我要把卫生间铺满。对,防滑的,九十厘米乘一米三,要扣除马桶位置,谢谢谢谢!——你们几点到?不要太晚,老人吃饭比较早,我会在,你们尽快。"

"又买什么?!我从来没有滑倒过!别乱花钱啊!"

儿子打了"你去你去"的手势。灰发老太太以为儿子说"没买没买",便宽心地继续说:"他们一搬过来啊,就送了一个台湾凤梨过来,大大的绿绿的,没想到非常甜,你爸爸爱吃得不得了,害得我赶紧送了一大碗饺子过去,我们可不想欠别人的情……"

儿子又在接电话。

"……行,那你直接跟主任汇报,直说!就说那犯开设赌场罪的家伙,又被判监外执行,入矫宣告完他就说,赌场我还得接着开,不然我没法活——你直说,回头我也找主任,尿毒症他不收监,我们社区矫正又能拿尿毒症怎么处理?!"

儿子冲着电话大发雷霆,眼眉凶悍丑恶,唾沫星子用力飞溅在茶几玻璃面上。老太太寻望着那颗唾沫星子的落地处,有点出神。她觉得儿子很了不起,干的事业很威武。

儿子放下电话,发现母亲已经把餐桌上的茶点盒子收藏到柜子上了。医生不让父亲吃糖,日益严重的老年痴呆症,几乎让父亲忘记和淡漠了岁月带来的一切,但是他牢牢记着糖的美好,只要一有机会,他就把糖块放进嘴里。

"伟啊,你再跟物业反映一下,我们住一楼,车库又没有车,你的车多久来一次啊,凭什么收我们的电梯使用费?"

儿子在看手机。

老太太说:"我们老了,说话根本没有人听。哼,他们不知道,我们孩子都是公务员。老头子也是搞民政退休的,再不行我找人大反映去——你去就要穿司法局的制服去谈。"

儿子看着手机在微微发笑,后来干脆笑出声来。老太太困惑地看着儿子,看着看着,老太太也笑了。儿子看着手机的傻笑,让母亲很舒心,虽然她不知道儿子为什么忽然开心了。冯伟比冯欣小五岁,也快四十了,一脸横肉铜铃眼,不笑的时候,表情稳重里透着乖戾,其实讨人嫌。但在母亲眼里却都是孩提时的好看样子。老太太笑眯眯地慢慢走近墙壁顶灯开关,她又看了看外面明亮的太阳光,确定应该关灯。这半个月,阴雨天的白天都没有开灯,今天大太阳天开灯,实在太可惜了。就像捉迷藏赢了似的,老太太偷偷把顶灯开关轻轻按掉。她以为可以像以前那样不被儿子发现,但冯伟马上跳了起来。

跳起来的儿子真是凶相毕露:

"——钱、不、是、省、出、来、的!!"

"要吃人啊。"老太太讪讪地笑着。

"你怎么不点蜡烛?!"

父亲慢吞吞地插了一句:"蜡烛更贵哦。"

"不说话没人当你是哑巴!"老太太掉头就对老头子猛烈开火,霎时就没有了对待儿子的娇宠慈和。

三

从租来的停车位走到自家楼道电梯口,要走二百零一步,但是这个大型小区人车稠密,能租到车位就不错了。妻子车祸失明后,他就决定租个带院子的一楼房子,方便妻子安全进出晒太阳。电梯门出来,左转几步就是家了。和往常一样,两扇门都开着,妻子和小袜子站在门口等他。出电梯还没有左转,小脚步声就噗叽噗叽地奔了过来,小丫头扑进他怀里。照例,他蹲下让小丫头骑在脖子上。

"前进!"小丫头喊。

妻子的眼睛完全看不出瞎了,但是她微微抬起又放下的手,暴露了她用手替代眼睛的习惯正在形成。她偏着脸,那个角度的狭窄视线里,她能模糊地看到光与人影。妻子天籁般沉静的美,似乎并没有被致盲的车祸破坏。每当如此,他都会感到心尖微颤。他不明白,这样一个人,怎么可能在他被捕时,驾车失控逆行。

撞击时,她的头狠狠磕在方向盘上。但是今天,他没有像往常一样搀扶妻子,而是没换鞋就快步进屋,掏出一个类似老人手机的黑色手机,马上充上电。

"今天怎么这么早?"妻子说。

"真他妈厉害,居然知道它没电了,我自己还不知道,一个电话过来恶狠狠地命令马上充电。"

"昨天我提醒过你呀。"

"充了,可能谁碰歪了,接触不良。"

"我没有!爸爸,上次妈妈说不能动,我就没有动了。"

"你乖,去给爸拿拖鞋。"

"爸爸,我昨天做梦了,让妈妈说。"

"你自己的梦自己说。"

"妈妈说。"

"妈妈想再听一遍。"

"通知明天政治学习,在区司法所。——天哪,更早一条短信是后天到马口山西园劳动。"

"我梦到爸爸被坏人绑在树上,妈妈睡在水里。"

"明天后天不是云南合作方要来?!"

"现在不能也不敢叫他们改时间了,已经改过一次了。"

"后来很多人来救爸爸,谁都解不开绳子。"

"我看这个合作会黄掉。"

"黄就黄吧,没办法的事。社区矫正是绝对不允许请假的,都说那个管教很变态。"

"我自己做的梦,后来我都哭了……"

"要不,我们就跟云南合作方说真实情况?"

"说一个刑事罪犯在缓刑期,诸多不便请多关照?"

"嗯。"

"如果是你,在那么多请求合作的对象中,你会选择这样的人吗?"

小丫头把手里骑自行车的娃娃玩具,使劲掼在沙发上。

"哦!哦哦,我们在听呢。你说你的梦,让爸爸先停。"

"不礼貌!都说大人说话不要插嘴,为什么我一说,你们就插嘴?"

"好吧,你说,爸爸听。"

"后来一个哥哥来了,他用很大的刀割断绳子,把爸爸的手都割破了,血流了很多很多。爸爸就把妈妈从水里抱起来了,你们就去照相,旁边有一座绿色的很高的滑滑梯,很好玩的滑滑梯。"

"你在滑滑梯上哭吗?"

"不是,我还在做梦,我是醒来才哭的。"

"为什么哭呢?"

"醒太快了,不然就可以梦到我们三个一起去玩滑滑梯!天那么高的绿色的滑滑梯！它真的有天那么高！"

男人把孩子再次抱了起来。

"张姐、姜总,小明会来,馄饨馅还放姜末吗？他讨厌生姜。"

妻子的脸偏向丈夫。他想了想,咕哝了一句："大学念了,也工作几年了,怎么就是学不会吃姜呢？上辈子是寒流吗？"

妻子对厨房里移动过来的脚步声说："还是放吧,春好,减半。老姜爱吃,小明的女同学好像也会吃姜。"

"我不要哥哥的女同学来！"

"为什么？"

"就不要！哥哥是我的！"

"嘉子姐姐要嫁给你小明哥哥的,是一家人。"

"我嫁给哥哥！我和哥哥是一家人！"

"哈哈,等你长大,小明哥哥都老啦——"

"春好,别跟袜子说这些。"

四

"嘘——别闹,我抱抱你就走。"

"装什么乖,为什么不敢说我们早在一起了?！"

"我爸妈是死板的人。尤其是我爸,他痛恨没有责任感的人。"

"——你弄疼我了！"

"嘘——嘘！我家隔音不好。"

"袜子真的是你爸妈亲生的？他们都五十几岁了嘛。"

"哎哟哟！咝——这么狠,谋杀亲夫啊?！"

"你上次就说,会告诉我家里的事。现在说。"

"都几点了,下次。"

"说不说?不说我尖叫了。"

"尖叫干吗?"

"让你爸妈知道,你从客厅进来强奸我!"

"哦喔,我的蛇蝎心肝,你想知道什么?"

"你爱我多少,就告诉我多少。"

"你能严守秘密吗?"

"能。"

"袜子是一对高中生的孩子。"

"啊?!"

"两人都是学霸,面临几个月后高考的那个春节的初二,女孩突然早产生下小袜子,全家人快疯了。女孩的家在乡下,她的姑姑是镇里医院的护士,姑姑的朋友的朋友和我妈妈是好闺密。好闺密知道我妈妈喜欢孩子,就劝我妈说,你有钱又有闲,干脆把宝宝接过来养。不然这个小宝宝肯定会被女方父母弄死,而这对高中生的前途可能也完了。"

"太恐怖了。"

"我父母在两个小时内做出了决定,还有我,我支持。"

"怎么养啊!"

"很难,几次小袜子差点就死了。出生时,她不到八个月,比一棵大白菜还小,我看到她红红小小的一团,整个手掌只有我一个拇指大。"

"吓死人啦!"

"终于可以接回家的那天,我们一家三口都去了。一见到那团红肉,我看到我爸爸有一点后退,但是当他接过襁褓时,一下子换成了尽力保护的姿势,好像要把袜子抱进自己身体里;我妈妈也是这样,就像第一次看到那团小东西时,她似乎有点害怕,脖子直了直,但很快,她把脸贴在了袜子很难看的小巴巴脸上。那个时候,我的眼泪都热了,觉得不保护她根本不行。"

"那对高中生,你见过吗?"

"从没见过。本来说好我们家和他们永不相见。但是那两个学霸太聪明了,高考完,不知怎么的,还是找到了我父母。男生说,绝不再来,只为了对恩人说声谢谢。"

"你父母怎么说的?"

"我父亲揍了他一顿,说,有的事责任如山,你给我记住!"

"那你妈妈怎么说?"

"我妈妈说,你们安心读书吧,这个事情永远过去了。小袜子的身世,在她合适的时候,我自己会告诉她,请你们从此不要再来了。"

"我父亲事后说,那个男孩根本不相信女孩生了孩子,他是想眼见为实,不受人讹诈。"

"女孩家里人讹诈他了?"

"将心比心,肯定有点麻烦吧,但我父母没问。"

"不过,怎么会没有一个人发现女孩怀孕?真是太奇怪了。"

"妈妈的闺密说,女孩体形比较胖。到六七个月开始显肚子时,又进入了冬天。而女孩自己不知道怀孕,她生理期本来就不准。早孕反应的时候,她以为是胃病,男孩还买了肠胃药偷偷给她。"

"他们高考顺利吗?"

"男孩上了北大。女孩成绩大受影响,只考上了省师大。后来我父亲又揍了男孩一顿。我妈说,差点把他踢死了。"

"早恋鸳鸯分手了?"

"早就分了,大学第一年好像。"

"那你爸为什么揍他?"

"太晚了,下次说吧。"

"不行!"

"我真的困了。"

"这样吊我胃口,我会失眠的!"

"改天一定说——别吻了,我不吃美人计——哎哎,天哪。"

"我尖叫了。"

"求你,我明天要接机,睡不了懒觉。"

五

马口山西园大门前。三十多个社区矫正对象排成三排,每人手里都拿着一张纸。队伍男多女少,全是被法院判处管制、拘役、被宣告缓刑及假释或在监外执行的其他社区服刑人员。矫正人员"入矫宣告"时要保证,其随身携带的定位监督手机每天二十四小时开机;每周到司法所报到一次,每半个月向司法所上交一份思想汇报和矫正心得体会。还有,每月参加社区服务不少于十二小时, 每月参加学习受教育时间不少于八小时。

矫正小组的助理们流动性很大,不时变换新面孔,唯一不变的是冯组长。听说他是辖区司法所唯一的公务员,但是脾气很不好,一双"Ω"似的奇怪大眼睛,透着吃惊与不耐烦,成天不是自己不高兴,就是别人让他不高兴。平时组织社矫服刑人员学习劳动的,都是司法助理和司法志愿者。只有两会期间或其他重要日子,或者助理不在岗时,冯组长才会亲自来。社矫服刑人员都知道他的暴躁和不高兴。

冯组长杀气腾腾地一走过来,队伍就自动整齐了一些。

"心得!"司法志愿者一声吆喝。

队伍纷纷举起那张写好了的纸片。

"定位手机!"

队伍里的三十多条胳膊,唰唰举起黑黑的定位手机。

"邱婷娅!出列!"冯组长暴喝。

一个恹恹却狐媚的女子,扭着胯,走T台似的,用扭胯的猫步,一步一铲大腿地从最后一排走了出来,站到了冯组长跟前。她翻着眼睛恹恹地看天。

"为什么关机?!"

"没钱续费呀。"

"去借!"

"名声不好,人都不借——冯组长,你借我两百?"

"姜顺东!"冯组长突然冲着队伍,又一声暴喝。

姜顺东连忙高声应答:"到!"

"出列!"

"是!"

"昨天没打电话!"

"报告政府!打了,是没人接。"

"没人接?!"

"那电话没人接,我就打了张助理的电话。"

"他怎么说?!"

"他也没接,但是肯定有电话记录。"

"我警告你!姜顺东!若核实出你撒谎,我立马撤矫收监!"

"是!"

今天的劳动是清扫西园垃圾。

邱婷娅好像认为姜顺东是同类,干活儿时一直走在他身边。但是,她不太肯弯腰捡垃圾,有时把空矿泉水瓶踢给姜顺东让他捡,就算是参加了劳动。

"神经病!哪有劳动不发工具的?昨天我刚做过美甲。"

姜顺东不理她,也不接话茬儿。其实,所有社区矫正服刑人员彼此都不说话,潜意识里都是彼此相忘最好。邱婷娅好像是个例外。

"喂,你什么罪?"

姜顺东弯腰一路捡着果核、纸屑、空食品袋。邱婷娅跟了过去。

"我是诈骗,判三缓三,我怀孕了。"

姜顺东站直了,回头看她。

"嘿嘿,这是女人最好的法律武器,他们每次都拿我没辙。你什么罪?"

邱婷娅在休闲椅上拿起别人遗弃或忘记的一本杂志,把它塞进姜顺东的垃圾袋里。

"喂,说说话嘛,时间过得快一点。你什么罪啊?"

"伪造国家机关证件罪。拘役五个月,缓刑六个月。"

"厉害啊!你骗到了什么大项目?伪造海关报关单?进出口证明?还是矿产木材什么的许可证?"

"捡了一个弃婴,想给她上户口。"

"什么什么?!你说什么?!"

姜顺东走远了。

"哎,你不会是人贩子吧?喂!"

姜顺东没有回头,全凭手捡垃圾,让他的腰弯得很难受,但是他也并不想因按摩捶打腰部而停留。邱婷娅再度追了上来。

"看你也不像坏人。我告诉你吧,我以前的男朋友就有这条线。在贵州还是云南那边,他们是和真正的医院内部人员合作,弄来的是真正的

'出生医学证明',从没一次失手,购买方都上了户口。你还自己伪造!太傻太傻啦!"

姜顺东呆呆地看着这个女诈骗犯。

"弃婴呢?得不到了吧?——真是笨到家了。"

姜顺东突然啐了口:"你懂个屁!!"

"姜顺东!"

远处传来冯管教的怒吼,姜顺东吓了一大跳。

他连忙大声喊:"到!"

冯组长一棍子敲在休闲椅背上:"劳动还是聊天?!"

半坡上,冯组长的短棍子,枪筒一样直指他们。

"过来!八角亭这边,你俩包干!"

"×!"邱婷娅低声诅咒着,"人人都躲着呢!都是醉后呕吐物,用手刮啊!"

姜顺东大步跑向八角亭。

他不敢也不愿再跟邱婷娅讲话。

六

在院子里单手浇花的灰发老太太,目不转睛地看着隔壁院子里的盲眼女人。那个女人在翻晒一个大竹匾里的鲜红枸杞。那女人视而不见的睁眼瞎面容,一开始让老太太很不习惯,甚至不高兴。但是,通过那家人碎嘴热情的保姆,老太太把自身的优越感慢慢转化为怜悯。所以,当那女人失手把那匾枸杞打翻而茫然呆怔的时候,老太太不顾自己一只打了石膏的胳膊还吊着,急忙到了隔壁院子里。

"我来我来——春好呢?"

"春好啊,她带袜子去买菜了——谢谢您,也可以放到春好回来捡的。"

"那不还潮了?你们家成天晒枸杞,是治疗眼睛吗?"

"嗯,是。反正也吃不坏。"

"有个偏方,你试试。十九号楼那对退休体育老师都摘掉老花镜了!很简单,你记一下。每天桂圆干三颗、枸杞十粒,还有红枣一颗,枣皮要划破,然后用一小盒盒装奶那么多的水炖。一日两次当茶喝,很有效!"

"谢谢啊,我吃了很多偏方……"

"这个肯定有用!我眼睛越老越糟糕,我是没那个闲工夫,我们老头儿你也看到了,已经是阿尔茨海默病了——知道吗?就是老年痴呆了,不能当人用的。"

"啊。"

"他记不住很多人,经常忘记回家的路。我也不让他单独出门,他就是记着回来,也会捡很多垃圾带回来,偷偷藏到自己床底下——上次,带了一根可怕的旧皮带,还有一顶假发,吓得我女儿跳脚尖叫。"

"啊!"

"对了,我跟春好和小袜子说了,不要给爷爷巧克力吃,什么糖都不能给,医生交代的。小袜子喜欢爷爷,老给他糖吃。"

"是嘛,最近袜子老要糖吃,昨天还向我要了瑞士糖,各种颜色的。以前她不怎么吃糖,包括巧克力,她喜欢吃咸的,鱼虾肉蛋。"

"肯定是死老头子向她要的!"

"不会吧。"

"会!我亲耳听到过,一老一小隔着这个院子的树篱笆,袜子问,爷爷你要几个?老头子说,全部。小丫头说,不能全部,三个。我赶紧从卫生间冲出来,他们俩已经分完糖了。小丫头看见我把老头子的糖夺走,冲着我一直翻白眼。跟她讲道理,三四岁的人哪里懂。后来好长时间,她一看到我就狠狠翻白眼。"

"不好意思。我等下就跟小袜子说。"

"没事,她现在跟我和好了。那天我一出院,她就过来问候我,告诉我要多喝骨头汤,要不然手会很痛。"

"呵呵,她自己摔断过手。太顽皮了这孩子,所以我们才搬过来,因为我现在更看不住她了。原来我们住高楼,有一次,她爬到碰窗里,差点打开逃生保险锁头,如果钻出去,就直接从七楼掉下去了;还有一次,更小的时候,我带人上楼看宽带信号线,忽然感觉小家伙没有声音,我赶紧下楼,到处找,在阳台上,看见一只小凳子摆在洗衣机前面,洗衣机桶里伸出一只小手来,摸索着想按操作键要开动洗衣机;就在我们搬来的前半个月,她不知怎么转的,把自己吊在窗帘上,要不是保姆及时进门,她可能就被吊死了。这个孩子,只要五分钟没有看到她的身影、听到她的动静,我们都会紧张害怕。"

灰发老太太笑得喘气。"我会帮你看着点,听保姆说,这是你自己家的房子?我还以为你是租户。"

"本来是买给我父母住的,但他们后来更喜欢住海南我弟弟家。谢谢您啊,您大概把手都捡脏了,您自己也不方便。"

"没事没事!最近我儿子成天往这儿跑,在卫生间装扶手啊,地板上铺防滑垫啊,还把我俩的拖鞋也扔了,又买了防滑拖鞋。你说,老骨头哪有那么娇气啊,怎么可能一直摔跤?"

"孩子一片孝心呢。"

"小题大做!我女儿也是,她公公摔中风了,还在住院。所以我一摔,他们姐弟俩就大惊小怪。她自己忙得要死,昨天晚上还送了两瓶钙片过来,还有一罐蛋白粉,很贵的!唉,真是浪费钱!"

"您真有福气啊,不过还是要小心点。"

七

老姜在给妻子胫骨涂跌打油的时候,妻子一直把头偏向窗外。那里青紫了一大块,她摔到木箱子上,箱里是沉重的样品。他知道很疼,那总是丢三落四的保姆老是想起什么就撒手不顾眼前。春妤看到男主人阴郁的臭脸,大声辩护说:"袜子拿生日蜡烛去厨房灶头玩火,我冲过去都来不及啊!"她不说夺下蜡烛后,接了个津津有味的长电话。妻子被客厅横倒的拖把杆绊倒时,她还在厨房门口眉飞色舞地讲电话。

老姜早就看出,妻子有点怕得罪保姆,因为看不见。他想,如果当时他没有替妻子去拿户口手续,那么妻子肯定不可能因车祸弄瞎了眼睛。或者一起去?不过那两人会都陷入麻烦吗?真难说。其实去递交申请材料的时候,倒是他和妻子一起去的,当时妻子紧张地抓紧他的手,一下子,那只手都是汗水。

主意是妻子朋友的朋友出的,说很多人都这样顺利办下了户口。老姜的河北老家还有人,他通过老家堂叔问了问,堂叔就去打听。堂叔回复说:"可以办,但是对方要收钱。"

"多少钱?""假的一百五,真的一万一。"

当然要真的,一万一汇过去,一周后,真的"出生医学证明"就到了。袜子(姜丁芽)的出生地点成了河北邢台威县妇幼保健院。

"孩子在父亲老家出生?"户籍女警说。

"是,好照顾些。"

"半个月后,过来拿结果吧。"

看来这个花一万一买的"出生医学证明"靠谱。老姜得意地感慨:

"堂叔他们本来也是胆小本分人,回头我们再寄点感谢费去。"

最有风险的接触,看起来完全平安无事。那么半个月后,妻子说去拿落户结果,老姜也没有异议。但是那一天,妻子重感冒发烧不退,老姜便自己前往,这一去就一夜未归,直到取保候审手续办理后才出来。

他们得意得太早了。

老姜一到办证柜台,里面的女警就招呼他进里面办公室。

"这份出生医学证明,到底哪儿来的?"

"……有问题吗?"

"你说实话吧。"

"是……弄来的。"

"孩子哪儿来的?"

"晨练的时候,在中山公园门口捡的,她在襁褓里哭,天很冷。"

"有证人吗?"

"有几个人围着,我妻子觉得可怜,童毯上都是蚂蚁,我们就抱回去了。"老姜讲述的是他亲眼目击的另一个弃婴的画面。

"这出生证明哪儿来的?"

"丰厉天桥下,买的。"

"多少钱?"

"一千多块吧。"

"为什么要这样干?"

"我妻子喜欢那个女孩,我们也有能力抚养,所以就商量接受她。"

"为什么不通过正规途径呢?"

"临时起意。我们有个儿子,二十多岁了,听说有孩子就不能领养了。"

"你知道这是造假吗?"

"唔……算吧。只想给孩子一个公平教育的机会,没有这证明,没有户口,她连幼儿园都进不了。"

"嗯,我理解。等一会儿派出所的警察过来,你就这么实话实说吧。"

"还有警察要来?"

"对,程序如此。"

"那孩子能落户吗?"

"你说呢,这出生医学证明是假的。"

"你不给我办?你不是说我态度好吗?"

"走法律程序吧。"

办公室过道里传来调侃问候的嬉笑声,音声渐近,那未落的话音把两个穿警服的人影送进来。进门来,就变成两张严肃臭脸。其中一个一对大刀似的刀眉下,两只豆荚眼眼圈青灰,小烟灰缸似的,满脸是蔑视和不耐烦,这令老姜非常不高兴。大刀眉一指老姜,另一个年轻警察立刻过来铐他的手腕。

老姜猛然抽手,不让铐。他的手甩到了给他上手铐的人鼻尖,那警察一脚踢在老姜大腿上。大刀眉也一脚猛踹:"蹲下!"

户籍女警说:"先别铐他吧。态度挺配合的。"

老姜硬挺挺地站在窗边,他连那个假模假样的户籍女警都恼火。他半拧的身姿,愤怒而防卫,随时提防着警察铐他或揍他,一张脸因为怒火而憋得很狰狞。

他们带他上了警车,去了他们所在的派出所。

"孩子哪儿买的?——啊?"

"我说了,是捡的弃婴。"

"在做好事是不是?!还要表扬你是不是?!"

"麻烦请你们去查查,我有儿子,事业稳定,生活小康。别以为人人都是人贩子,纳税人不是养你们瞎打拐的!"

066

"嚯,你以为你是他妈的谁?!"

"再推!注意对群众的态度!"

"群众? 好,请问群众,你这假证明,哪儿弄的?"

"别拿我手机!"

"假证明哪儿来的?!"

"你把手机还我!我妻子高烧,母亲偏瘫,宝宝晚饭都没人弄!"

"这证明,到底哪儿来的?"

"丰厝天桥买的,手机给我!"

"你提供家庭信息,让人帮你伪造一份假的出生医学证明?"

"不然孩子上不了户口。我用手机打个电话,天黑了。"

"这证明是不是你伪造的?"

"我没有别的办法。"

"是不是?"

"是。请让我打个电话,再不打家里会出事的!"

"伪造这个假证明,你花了多少钱?"

"要不用你们的电话打?"

"做假证明,你花了多少钱?"

"现在我家里,老的老,小的小,病的病。如果你执意忽视我的一再请求,出了事,你要承担一切后果!"

那时候,老姜的内心,比外表还嚣张。

八

"师父,阿弥陀佛。"

"阿弥陀佛。"

"早就想来了,可我的眼睛已经不能开车了。对我来说,现在,寺庙太远了。"

"阿弥陀佛。在家诵读经书、诚心修行也一样。'若是经典所在之处,则为有佛,若尊重弟子'。"

"有个问题,一直想请教师父。为什么我们抱养弃婴替人消灾,却遭遇这么大的苦难?"

法师轻缓地给女施主布茶。眼盲的女施主,基本准确地把目光聚焦在茶盅轻响的茶盘附近。

"从出事那天起,我就基本看不见了。我也按照师父在电话里教导的做了,诵经、放生,我都做了。孩子父亲取保候审后,一年半都过去了,我们以为免诉了,可是三个月前,突然开庭了。判了拘役五个月,缓刑六个月。我们变成罪人了。"

法师点头。

"出院后这一年半,我试遍了各种治疗眼睛的偏方,都没有用。做梦的时候,突然恢复了视力,结果醒来人就更难受了。医生让我不要哭了,我哪里忍得住眼泪呢,不是善有善报吗?而师父说的前世业力,我这一世怎么知道啊。"

"生命就像河流,怎么能拒绝上游带来的东西呢?好坏都下来了。"

"我觉得一世承担一世,才公平啊。"

"孩子好吗?"

"啊,本来还想带她来的。很聪明,就是非常顽皮。我们第一次去看她的时候,她就能长时间地看着我和她爸爸,那个眼神,一点都不像没有满月的婴儿。"

"什么样的眼神?"

"就是……嗯,就是很依赖我们的样子,好像她知道自己无依无靠了。

她爸爸后来说,那小眼神看得他心都哆嗦了。儿子出生的时候,我们都没有这样心里发颤过,儿子也没有这个眼神。说起来,这和亲生的没有区别啊。"

"还是有吧。你没有十月怀胎之苦,现在的刑劳之灾、眼盲之祸,是不是一种平衡呢?"法师微笑。

"哦,师父,您说的有点道理。不过,这比怀胎生产的痛苦大太多了呀。"

"假如你们不救她,情况是不是就一定更好呢?会不会也许正因为救她,你们才避过了更糟糕的处境?换句话说,她使你们转境了。用比较糟糕的结果,替换了非常糟糕的结果。有没有可能?——请用茶吧。"

"师父在宽慰我。"

"业障是宽慰不掉的。"

"那么,师父,我的眼睛是不能恢复了?"

"该恢复的,自然会恢复。"

"如果最后的这点光感都保不住,我可能坚持不下去了。"

"不会的,请用热茶。一个人,生生世世的生命就像大海,每一世的人生,不过是海上的浪花。"

"唉,师父……这朵浪花……太难了。我先生那天跟我说,他现在在外面,感觉人人都在蔑视他,他觉得自己额头上就像刻了耻辱记号。真的难……"

"挺好啊。这也是消除先世罪业的方式啊。"

九

律师是高中的同学,发小儿。取保候审是律师同学弄的。

那天晚上,警察到底还是同意姜顺东给家里打了电话。一个小时后,妻子车祸的消息就传过来了。她在赶往派出所的路上,把车开上了逆行道。律师同学过来的时候,姜顺东差点哭了,他认为是妻子高烧烧糊涂了。律师是儿子搬的救兵。

妻子住院半个月后,姜顺东偏瘫的母亲突然去世,好像是不忍心再给儿子添乱,医院家里两头奔忙。医院有失明的妻子,家中是屎尿在床的娘。取保候审的儿子的心弦也快绷断了。小袜子倒和每一任保姆都情深谊长,虽然每一任保姆都恨不得每天把她绑在小椅子上,否则她们就必须每天跟着她大冒险。

律师同学最终没有出庭辩护。

"如果你不说实话,我没法为你洗脱罪名,你又何必浪费委托费。"

"说了实话,我堂叔那边怎么办?"

"现在严打拐卖儿童,你说实话,我的无罪辩护才有基础。这最多是《治安管理处罚条例》处理一下就够了。你说实话就好,说实话!其他交给我!"

"说了实话,那两个高中生不也完了?"

"扯淡!都什么时候了?!"

"问题是,都抖搂出来了,对小袜子也没一点好处,只有麻烦。"

"喂,你想好了?"

"你不是说,就是判也不是重罪?"

"是。至少我认为是,我也在努力。"

"那就这样吧。"

"撤了委托吧,出庭我也没什么可辩的。"

"……"

"……"

"心里真堵啊。央企二十年,自己的事业也挺顺的,嘿,忽然就成了阶下囚。"

"你活该。"

"清白了一辈子,晚节不保。"

"活该!"

"那孩子非常可爱。"

"小眼睛,奔儿头,丑丑的。"

"你没仔细看。"

"一眼就够了,希望她长大孝顺你们。"

"到底还要等多久,我说开庭。"

"等他们闲的时候。这种小破案子!"

十

"你爸为什么又揍了那个男高中生?"

"他讨厌他。"

"讲啊,讲故事!"

"案子拖了一年九个月才审,袜子都快三岁了。也就是说,那对高中生已经在大学快两年了。"

"他们不是已经分手了吗?"

"女生不愿分手,以此要挟男的。而男生家因为这个丑事,当时就给了女生家一笔钱,后来还协议补偿资助女生大学费用什么的。男生家后来不知是飞来灵感,还是资助累了,就怀疑这个事情是女生家虚构的。"

"不可能!谁会用这个讹人?"

"对,本来也过去了,毕竟揭开疮疤谁也不体面。当男的要分手,女的不干时,这个旧事又成为武器。"

"他们想干什么?"

"女生要维护爱情,男生要毁灭过去。见过世面的名校男生,和父母达成一致意见。农村女孩,即使曾经学霸,门户也错了,就是感情消失了。"

"男生想把过去毁尸灭迹?"

"差不多吧,他来查证虚实,居然说头发拔几根,就可以做亲子鉴定,说准确率有百分之九十九点几。"

"天啊,他真有勇气。"

"我父亲被纠缠不过,最后同意在公园门口见他。他送了花篮,然后塞给我父亲一点抚慰金,说是他父母的一点心意,然后就开始自以为是地打听收养细节,谈亲子鉴定。"

"你爸怎么说的?"

"我父亲什么也没有说。后来我爸爸说,这个男人即使名校毕业,也改不了骨头低贱。"

"你爸什么也不说?"

"对,他把男生给的钱,唰唰唰全部撕碎,直接抛进湖里。男生还在讶异中,老爸就出手了,说是连抡好几个巴掌。"

"不是差点踢死他吗?"

"怎么可能?气话。老爸说差点一脚把他踹进湖里,结果只是一脚踢飞花篮。"

"该踢那浑蛋啊。"

"今非昔比了,老爸现在很害怕法律。"

"为什么啊?"

"有时候法律就是正义的魔鬼。"

"啊,好像……"

"就是!就看你处于法律的哪个时空节点上,有的点长满青苔,你一不小心就会滑倒。"

十一

"爷爷!——冯爷爷!"

"小袜子,你干吗?"

"爷爷呢?奶奶,我想下跳棋。"

"爷爷在厕所,你又拿糖来了!"

"不是,这是跳棋。"

"那只手!"

"是我自己吃的,QQ糖。奶奶帮我跟爷爷说,我在院子里等他下棋好不好?"

"不好,你老给他吃糖。医生说他不能吃糖!"

"医生怎么没有说我不能吃糖?"

"爷爷是病人,吃糖会死的!"

"也没有死啊。"

"你说什么?!"

"以前他都吃了。"

"小袜子!你要是再带糖来找爷爷玩,我就不让你来了!"

中午之前,小袜子和冯爷爷在冯家院子里的小石桌上下跳棋。春好说,她把小袜子拎回家吃饭的时候,冯爷爷还在石桌旁整理报纸,等冯家奶奶出来招呼爷爷吃面条时,发现院子里什么人也没有。人呢?

慢慢地确认,整个小区都找不到冯爷爷了,老人八成又丢了。

下午快下班时,冯伟接到姐姐冯欣火急火燎的电话:

"老爸可能又迷路了,你赶紧去找。我把上晚自习的小卷接回来后也会去找。"

冯伟开着车,不断扩大搜找范围。父亲不带手机,不带钱,能走多远呢?晚上找人也比白天难。上次迷路在白天,是热心人发现了,告诉巡警说,老人肚子饿了,想吃快餐,他想不起来家在哪个小区了。

一个小时后,冯伟接到母亲的电话:

"回来吧,你老爸被邻居捡回来了。"

"在哪里捡到的?"

"在小庙街。小袜子爸爸开车路过,正好看到他坐在马路边发呆。"

"跑那么远?"

"老头子说他去买个老花镜,一下子想不起来坐几路车。"

"你不是说他没带钱?"

"他有老人免费乘车卡,他还有私房钱——不是你就是冯欣给的!"

"人都没事吧?"

"没事,在吃烂糊面呢。隔壁家让春好送了海鲜面过来,他胃口好得很。"

"不要让他再乱跑了!"

"他很久没犯迷糊了,说现在什么都想起来了。放心,告诉冯欣不要赶过来了。"

"别再舍不得开灯!拜托!老爸看不见才会想去换眼镜!"

"胡说!我们家水电费每个月都要缴六十几块呢!"

"行啦行啦!放开用!以后水电费我替你付——行不行!"

"哎,冯伟,你要帮我找物业去掉电梯使用费……"

儿子按掉了电话。

十二

春好牵着小袜子买菜回来,发现隔壁栋独居胖老太的院子前围了好多人。老太太因为肥胖而不像快八十岁的老人。春好想胖老太太恐怕是死了。春好好奇心重,可一手提菜,一手牵着小袜子,要不要挤进人群,她很纠结。当她看见人墙中突围出一个围裙上沾染血迹的老汉时,便再也忍不住好奇心。

春好拽着小袜子,紧走几步,就听到胖老太和众人的汹涌争吵声。

"谁看见我勒死它?!它是被车撞的。"胖老太的声音像沙哑的尖叫。

"那你求林老头杀阿黄时,怎么又说是别人送你的?"一个声音喊。

"他胡说八道!我就是说,撞死的,是他想分肉吃!"

"林老头还没走远!去问!"

"问屁!老太太在撒谎!"

"老太婆就是凶手!"

"去年那只流浪狗小花,也是她吃掉的,也说是车祸!"一个女声在哭诉。

"她到底偷杀偷吃了几只流浪狗?"

"有人看到这老太婆还偷杀猫吃!"

"这么老了,还这么贪吃!"

"嗷!闪开!她泼开水啊!"

"烫煺狗毛的开水!"

"小心!快抢掉那把刀!她疯啦!"

"这死老太婆疯了——啊!拖把!拖把!小心——"

"啊——阿黄的头!"

"砍下整个头啊！滚过来啦！"

"天啊，看！阿黄死不瞑目啊！"

有几个哭出来的女声。

"砸这死老太婆的窗！"

春好抱着小袜子奋力往前挤，她想挤到最前沿，但一个人挡住了她，随即把小袜子抱了过去。

"走，回去看新鱼缸！"

"哎，吓我一跳！——大哥！里面在吵什么?！"

"叔叔，先抱我看看！举高高！"

"已经吵完了，地上都是垃圾，很臭。"

"看看！我看看！"

"老太太把阿黄的头割下来了吗?我们刚到。"春好依依不舍地站在人群边，冲着抱着袜子转身走的人喊。她的意思是让她看看再走。

抱着小袜子的"大哥"，并不理睬春好。

"我不要走！姐姐，春好姐姐也没有走！"

"走吧！你想不想看看新鱼缸？"

"新的？"

"昨晚我带过来的。"

"里面有几条鱼？"

"鱼下午才来，要先有鱼缸。"

"他们绝对会打起来的！"春好着急地冲着走远的一大一小背影喊。

那人转头，牛眼暴突地瞪她一眼。

"你是傻还是蠢?！"

春好很不高兴，慢慢移动身子，又分心谛听人群里的动静，好像是老太婆的女儿杀进包围圈了，老太婆的援军到了。走了好几步远的春好,不由得转身踮起脚往那里看。

"春好,不要东张西望!"一个严厉的奶声奶气的童声响起。

"你叫我什么?!"春好恼怒,赶将过来,给了小家伙一下。

"春好,管好自己的事!"

邻居男人被小袜子的严肃持重逗笑。

春好不明白邻居大哥为什么要凶巴巴地瞪她。他目光里的怒意让她心虚。他并不是她的东家,只是她东家的邻居,但是这个表情,让她有了由衷的畏惧和服从感。不过,她实在难舍人群那边正在升级的血腥与热闹。

小袜子转头看春好:

"爷爷奶奶家下午又有鱼了!叔叔会让我选一条最好看的,做我的鱼!"

"对,你可以给它起名字。"

"就叫它 wáng xīn dà!"

"王新大?"

"对!"

"为什么叫王新大?"

"好听呀!——春好!快跟上!"

提着菜的春好懒得回应,她也不打招呼了,闷闷地径自把菜提回了家。袜子跟着隔壁叔叔到院子里看新鱼缸。和原来的一样,都是广口大肚子的鼓形缸,也放在原来树下的位置。

"我以后会喂它吃蚊子。"

"它们吃鱼食。"

"什么叫鱼食?——嘿,爸爸!"

隔壁院子,正走出一个男人。小袜子兴奋地大喊,令他转身。这一个转身,他和新鱼缸前的另一个男人都僵住了。用脚尖踢着新鱼缸听响声的小袜子,没有发现她头顶两个男人的呆怔。

"呃,冯组长!"

"姜顺东?"

"是。"

"这就是……那个孩子?"

"嗯。"

"咳,咳。"

"……"

"我正好来母亲这儿找张发票。"

"啊,这样。"

"没想到是近邻啊。"

"是。"

"……法律就是法律,对吧。"

"嗯,对。"

"你不要忘记放原来的水草,它们要在里面做游戏。"

"当然,我会放很多水草。"

"对,宝贝。"

"呃,嗯……"

"……"

"那个……谢谢你上次把我父亲带回家。"

"顺便了。"

"啊,是啊。"

"小事。"

"爸爸,鱼食是虫做的吗?"

"不是。"

"不是。"

"爸爸,明天我就有一条自己的鱼,它叫 wáng xīn dà!"

"为什么叫王新大?"

"你跟爸爸说!"

"呃,小袜子说,叫王新大,好听!"

姜顺东不得其解,他一直不知道面对冯管教该如何接话。

冯组长转译完"wáng xīn dà",一直清理着嗓子,好像喉咙里一直痰痒来着。

最后,他猛力咳嗽了一声:"嗯……嗯哼!——老姜你,要不过来喝喝茶?"

直到这个时候,姜顺东才感到一阵松弛缓和,觉得自己的生活似乎回到了旧轨道,又像是和某种严酷如铁的对抗,终于达成了幽微的和解。

太田母斑

  我的生活本来挺好的。你看，我是环保局的人，国家公务员；父母宽容，身体健康；我自己除了胖一点，下巴糊涂一点，其他方面都没什么问题，尽管有时候，我在正追求的女友面前有点因胖怯场。可我从没因此抱怨过我的生活。

  但是，最近我很苦恼。因为我老乡。准确地说，是我老乡要整治的那种太田母斑，它把我的内心生活弄得比较糟糕。太田母斑，也叫太田痣、眶周色斑。它通常是娘胎里带来的，通常出现在眼睛与额发际之间，黑蓝色。

  我老乡是家族性的、靠治疗性病发家致富的人物。在二十世纪八十年代，你在全国各地，在电线杆和公共厕所里发现张贴的性病广告中，只要有两张，那至少有一张就是他们家族人干的。现在，我老乡说，他已经另立门户，开了家美容整形院，珠海开的是主铺，到我们这儿已是第五家分店了。

  我是受理一个工地噪声投诉时和我老乡重逢的。他已经不再是小时候老流鼻涕，以致上唇都红肿的恶心模样。他的头发被很重的摩丝啫喱之类的东西，弄得全部成绺，并始终保留着梳犁过的痕迹。估计他喜欢而常留这个发式，因此，脑袋瓜顶上的头皮，都被太阳晒成红棕色了。

他和我谈了多波段石榴石激光机。这个蒙娜丽莎牌的美国科医人激光公司的产品,是专门对付太田母斑的。它是单色光,波长为1064纳米,因为能量极大,作用时间极短,所以,能在极短的时间内被黑蓝色斑吸收,色斑因此膨胀粉碎,最后被人体细胞吸收带走。色斑就没了。

我说,我们领导的左眼部位就有一大块。

老乡说,你介绍他来吧。介绍越多人来越好,我给你回扣。按平方厘米算,一平方厘米30元。老乡说,你甚至在街头看见有太田母斑的人,都可以从环保的角度,建议他尽早来我这儿问诊求治。

我们领导是个风度翩翩的男人。他的左眼因为太田母斑有点发黑,永远像被人在眼窝里打了一拳。所以,他总是偏着脸看人。天还不冷时他就喜欢戴鸭舌帽,帽子压得很低,在女同事面前,帽子就压得更低。我们领导是个挺好的人,虽然他不分管我,但从来没什么架子,正是这样,老乡一说那个美国激光机,我就热切自然地想为我们领导分忧解愁,但是,老乡说要按平方厘米给我算回扣。我就踌躇迷糊起来,我提防自己真是想要回扣。我对自己说,你绝没有想拿回扣的意思对吧?绝对没有。但我有一天开大会的时候,却不由自主地偷偷目测了我们领导那块太田母斑的总面积:大于等于80平方厘米,80乘30等于2400元。算完后,我没有喜悦,我完全被自己吓了一跳:我居然把钱挣到了我们领导脸上!我心里非常不安。整个会议期间,我克制不住地瞟我们领导脸上的太田母斑,而且一瞟,我的目光就像被黏住,收不回来。我急得直掐自己的屁股,可是,我该死的目光还在太田母斑上。

后来我们领导经过我的办公室,或者邂逅在卫生间,我都不敢看他,因为我忍不住地要瞟他那个位置。我把头狠狠低下来专心撒尿,可我的眼睛还是翻上来斜过去地找他的太田母斑。有一次,我们处领导叫我送一份文件给领导,我一路对自己说,进去后你再看那斑子,你就是王八蛋!

我一路看着自己的皮鞋尖进去。我低头把文件递给领导,我说,这母斑是给你的。

受理环保投诉,是我工作的一大部分内容。那天刚上班,一个男人打电话说,他楼下川菜馆的油烟熏得他家一年开不了窗。我们处领导说,最近行风评议要开始了。你们要闻警而动,注意形象。

我就去了他家。那个投诉人长得有点像巩汉林,但比巩汉林高多了。他围着红黄格子围裙在洗抽油烟机。后来,我就看到了那个"美眉"。她的头发烫得真像极精细的钢丝,在肩上甩过来、滑过去,我忍不住想用手摸一把。那首老歌怎么唱的?穿过你的黑发的我的手。这是个时尚又漂亮的"美眉"呀。我对她热烈地发生了兴趣。

我就经常去"巩汉林"家。现场调查。批评教育。讯问笔录。整改通知书。考察整改方案,一个方案不行,两个方案不行。直到那个川菜馆把烟筒从天上五米改成走下水道的地下八米,我才恋恋不舍地了结此案。"巩汉林"天生和我有缘,他说,他从小就喜欢胖的人,胖的人看着让人宽心,有安全感。这是他自己说的,我们就成了朋友。我就经常送东西给他吃。有一天,我就碰到了"巩汉林"的老婆。

我当场就傻了。

刚结束几个月党校学习的女主人,竟然和我们领导一样,在同样的位置,她也有一块太田母斑!可能总面积要小一丁点儿,但是,显然更蓝,尤其是靠近太阳穴的位置,简直像进口烤漆。

应该说,她是个英俊的妇女。浓眉大眼,鼻隆口正,尤其是右眉头的那颗绿豆大的痣,使她更是英姿勃发。她把头发二八开了,要是不动,八分的那部分头发,基本遮住了太田母斑大半,但是,人总是会动的。

我马上告诫自己,要是眼睛再盯着太田母斑,就强制做眼保健操。

她对我很热情。她偏着脸和我握手。她说,我还想给你们送一面锦旗呢。现在的公务员还真有点人民公仆的样子了。我说,也没什么,管理就是服务嘛。锦旗你别送,大家反正都是朋友了。"巩汉林"说,对呀,一面锦旗至少80块钱,我问过了。还不如拿来请小马吃饭。明天周末,请樱蕾几个朋友吃饭,小马也来吧。

穿过你的黑发的我的手。樱蕾的妈妈看了"巩汉林"一眼,可能对我们的友谊有点费解。我就假装推辞一下。她就说,来来来,欢迎欢迎。

嘿。穿过你的黑发的我的手!

我带了一箱的美国新鲜提子过去。我骗那对我希望做我岳父岳母的人说,人家进贡的,我父母不爱吃,随便拿一些啦。

"巩汉林"十分羡慕。他老婆说,只是请你吃便饭呀,太客气了。樱蕾,给小马上茶。

穿过你的黑发的我的手,呀,我的手!

这一顿饭我吃得相当不高兴。除我之外,还有两个客人,都是樱蕾的同学。一个分明是考试机,我只是听他说了几句话就直打喷嚏,打得泪眼汪汪。考试机已经通过了MBA考试,就是说,他已经是工商管理硕士了。但他还在考CPA(注册会计师)、MCP(微软认证考试)、计算机等级考试,还有律师资格考试。还有什么混账考试,我已经听不下去了。很高兴的是,考试机长了一个地包天牙床,所以,他的下颌没道理的尖长。

还有一个家伙,真是人模狗样的帅。随随便便一件黑色棉质衬衫,领子爱竖不竖的,一个扣子也不扣,下面是一条深土黄色的弹力牛仔裤,蹬一双一脚踢死牛的锐步新款球鞋。他显然以为他特别招我岳母喜欢。

我们几个人都在客厅，"巩汉林"在厨房叮叮当当地不知干什么，一阵阵炖红菇、烤肉香味飘出来。我岳母时不时扭头喊一声，抽油烟机不要舍不得开两头！都打开！

樱蕾和考试机吃着我的美国提子，不知在交谈什么，声音越说越小，但笑声越来越大。有一次，樱蕾还打了他一下，这个动作，使帅哥像猎犬一样地扭脸，脸色很不爽。我当然更不爽。帅哥和我岳母吃着我的美国提子，也不知在说什么。帅哥把腿架到茶几上，完成了两份炫耀：第一，他的长腿像钢筋水泥一样酷；第二，我岳母就是宠着他。有一次，我岳母倾身拿起他颈圈上的银质饰品观赏，他竟然跷着冷冻水饺一样的下巴，连身子都不欠一欠。总之，客厅里形成了两个小组讨论局势，没有人看我。他们吐着提子皮，叽里咕噜，剩下我一人在看周星驰的什么诈骗搞笑片。我笑不出来。我岳母偶尔想起我，就说，喝茶，你喝茶啊小马。

我就去了厨房，我要求帮厨。围着围裙，用一只橘色蝴蝶兰发卡卡着额发的"巩汉林"也没空理我。他捧着一本书，好像在突击学习一个菜谱。他一边自言自语，一边巡查着他们家储备的作料。

我想给青瓜削皮。估计是做冷菜用的。我刚拿起削皮刀，一个篮球大小的越南铁木菜板突然滚下台面，准准地砸到我的左脚大拇指上。

我一屁股坐在地上。我没敢叫出声，但我实在是痛彻肺腑啊。我的脸完全扭曲，我抱着左脚丫，拼命吸气又吐气。"巩汉林"受惊了一下，他在炸面包屑裹着的香蕉片。他说，还好，只是熟菜板，这么小。你看我家的生菜板！上次我被它砸到脚背，当场就哭出来。不是我要哭，眼泪自己就疼出来了。不骗你。

什么叫撕心裂肺，我体会到骨子里了。我坐在地上，半天站不起来。嘶——嗬——谁来抱抱我痛楚得冒着青烟的内脏和我发抖的脚拇指？

穿过你的黑发的我的手。我拼命吸气又吐气。怎么那么大的动静,都没人进来看一眼,或者问一句?

终于有了脚步声,我岳母拿着热水壶来加冷水了。你呀,我岳母嘴里肯定有颗提子。她含糊不清地说,做点事情,总是惊天动地的。上回让你买的老爸牌牛肉干呢?不要老把东西藏得叫人找不到!——咦,小马,你坐地上干吗?

"巩汉林"说,在饼干罐里呀。够不够?"巩汉林"把水加好,递给英俊的我岳母。我岳母和我笑笑,就回了客厅。

第二天,我的整个指甲就和樱蕾她妈的太田母斑一样,蓝黑蓝黑的了。

我想起来,我岳母吃饭选择的位置,是将太田母斑置于我和"巩汉林"最容易阅读的位置,而不是那两个吃了我很多美国提子的傻×混账方便看到的位置。所以,我只好不断在餐桌上用单手做眼保健操。我岳母说,没睡好啊?我说,是,昨晚夜班。

那天我值晚班。受理完一个霓虹灯光污染的投诉,我碰到了"巩汉林"。在路边,他背着手,佝着老气单薄的身子,在路灯下看人下象棋。穿过你的黑发的我的手啊。我下车叫他。我请他到我单位去玩,他就跟我上了车。他被他太太赶出来了——他又想和老婆抢电视看球。

我至少有两个竞争者。考试机比我聪明,帅哥比我漂亮。我不过是普通大学文凭,个子才一米七二,现在这高度简直不是人样。就是说,我既不如人家聪明,也没有人家迷人。不过,如果倒过来说呢,我是既比考试机帅,又比帅哥聪明。何况公务员现在的行情看涨了。那么,谁能使这个问题倒过来说呢,显然,只有我岳母——"巩汉林"的老婆。

我用报纸把投诉电话盖起来。电话已经摘机了,谁也打不进来了。

我跟"巩汉林"说,我有一个朋友是搞美容整形的,非常厉害。一个加拿大华裔少女专程飞来他这儿做了几次治疗,脸上的色斑全没了。高兴得呀,一直亲我朋友。

"巩汉林"说,你这儿怎么收不到体育频道?

你知道泽塔什么的吗?嘴巴非常迷人的那个外国影星,她原来满脸麻子,就是这个石榴石激光机治好的。你不知道?那嘉宝呢?索菲娅呢?你怎么这么没见识,汤姆·汉克斯的第二任女友? 唉,这么说吧,她们个个都是麻子,都是那个太田母斑患者。这个美容机器一打,通通变成大明星了!

"巩汉林"说,这和我有什么关系呀? 你帮我调出体育频道吧,下半场还有9分钟呢。

怎么说和你没关系呢?我接过遥控器。我痛恨榆木疙瘩脑袋。我忽然明白,单位的人老骂我榆木疙瘩脑袋时,是一种多么恨铁不成钢的心情。我说,太田母斑这个东西还真不好治。

"巩汉林"说,得,我不看球了。我也不看什么母斑。我们来一盘象棋吧。

你天天在看太田母斑哪。你怎么还这么说!

"巩汉林"用看傻瓜的表情看着我。下棋吧,下棋吧。他央求我。

这个榆木疙瘩,怎么一点人生理想都没有?难怪只能卡着女用发卡在家当男保姆! 我说,你女儿听不听她妈妈的话?

她只听她妈的。我太宠她了。哪像她妈又打又骂。小蕾怕她怕得要死。我们开始摆象棋。我说,阿姨脸上的黑斑,就是太田母斑。阿姨她会不会想治疗一下? 女人都是爱美的。

这是胎记。我们不要讨论天生的东西。不谈这个。"巩汉林"已经跳马了。

那谈恋爱的时候也一点不谈？你一点都不好奇？不想关心一句？

还没见面，介绍人就说了。那还说什么？你要娶人家当然就连那个也娶了。

那这结婚几十年都不谈它？一次都不谈？你不憋得难受？

你今天有毛病啊？你下不下？不下我走了。我肚子都饿了。

等一下我请你吃夜宵。我是想给你一个向老婆献殷勤的机会。现在科技发达了，我的朋友能治阿姨的脸。包好！

"巩汉林"把棋子握在手中，看着我。

他说，我原来偷偷担心过，怕遗传给小蕾，还好。"巩汉林"抬头问我，那东西——也不太明显吧。

还不明显哪?!

"巩汉林"说，人家花样年华的时候都过来了，现在都人老珠黄了，有什么明显不明显的。得得得，下棋！

我伸手把棋子扫糊了。"巩汉林"大叫起来。

这么大的事，讨论完再下！你能克服，你老婆未必能克服，你女儿未必能克服。幼儿园的小朋友都喜欢爸爸妈妈漂亮。只要阿姨愿意，我保证能便宜30块钱。按每平方厘米算！

"巩汉林"说，那好吧。不过，你去跟她说。我反正不说。

"巩汉林"开始重新布棋。他说，结婚几十年，我都对那东西视而不见，现在突然叫她去治疗，不是等于说我看见那东西了。等于说那东西很扎眼，我其实看得很清楚了。她肯定会怀疑我是不是嫌弃她了。

你以为她会相信你从来没看过那东西吗？我大吼一声，你真是窝囊废！但结果是我大吼一声，我说就我说！

我们单位传达室门口贴了一张公告，是关于我们领导的公示。他们说,公示一周,没问题的话,我们领导就正式扶正做掌门人了。

我们领导是礼贤下士、风度翩翩的人物。听说公告期只有几个脑子有病毒的人去从事了一点举报活动。脑子杀过毒的人,都和我们领导"相敬如宾"。公示期满的那天,我们领导硬要塞一包麦片给我夜班加餐。晚上我喝着热腾腾的麦片,就想,明天我一定要告诉他,他的脸有救了。以后,你开会坐在主席台上,就可以大大方方地环顾会场四周了。费用嘛,包在我身上。他可能会推辞,我就说,您的形象就是我们单位的形象,您的风度就是我们单位的风度。他就被迫接受了。要多少钱呢?80平方厘米乘170元——哇!一万三千多!他妈的鼻涕精赚钱也太凶了!这可不是对付狗急跳墙的性病患者!无论如何都要打折!

第二天,我重新打好领带,镇静地走到我们领导的办公室。他不在。看茶杯还在冒热气,估计是上厕所了。我等等。按构思好的那句话作为开头语,唔,我有个朋友,进了一个新设备。激光去色素,很简单,您看,您那脸……

哦,小马?我们领导进来了。来,坐、坐!我们领导湿着双手进来了。

我看着领导的太田母斑发呆。有什么事吗? 领导说。

没事没事!是这样,我有个朋友,很简单,托我查份报纸,那个那个……关于激光方面的……

我拼命翻手中的报夹。我不敢看领导的太田母斑。领导边擦毛巾,边有慈爱的笑声从耳朵后面传过来,那好,你慢慢找吧,我要去参加一个会。

榆木疙瘩呀榆木疙瘩。明明准备了一个晚上,明明准备得非常充分,怎么还是不知所措了呢? 我本该直截了当、义正词严地说:

领导,你脸上的斑太令人遗憾了!怎么着,我带你去做了吧?那是我哥们儿。钱的事,好说! 我给你预约时间去?

三下五除二,搞定!领导说,你还真是个耿直爽快的人,一句话就解决了我终生苦恼。你是我真正的朋友。怎么样,这个岗位还称心吗?

相当一段时间,我非常痛苦。因为我反反复复地鼓励自己,要坚决地指出太田母斑,要毫不犹豫地提出整治方案。可是,我反反复复临阵脱逃、望风而退。我还是不敢说。我怎么也说不出口。

有一天,我突然开窍了。我突然觉得,我没让我们领导的太田母斑接受治疗是正确的。

我打个比方,你就感同身受了。我用个最常见的例子:一桌宾主在一起用餐,有人把饭粒什么的吃到脸上了,或者门牙上横着葱叶枣皮,他还在发表看法,可能口若悬河,表情深刻。你会发现,几乎所有人都不会给他指出脸上的错误,他们会郑重地对他的意见点头、补充,或者反对,就是看不见有碍观瞻的花花绿绿。关系越那个,越视而不见。他们保持亲切的笑容。尽管圆桌上每个人都坐立不安,视网膜尴尬。每一秒钟都巴望着下一秒那家伙能自觉整改。要是那家伙实在像面瘫一样迟钝,大家都恨不得为他一套上劫匪惯用的长筒丝袜,但大家表面依然都保持矜持愉悦。如果你还不明白,我再启发你:如果是小布什、阿罗约脸上有白菜,你想想,你再想想,你敢说吗?你这辈子当然都不可能和他们共进什么餐,但道理是一样的,心情也是完全一样的。

而我竟然昏了头,想用这一招讨好领导!

更没想到的是,我们领导做了掌门人后,几乎不戴鸭舌帽了。我们的同事,好像个个都特别习惯太田母斑了。漂亮的女同事也不嫌弃那刺眼的眶周色斑,甚至有人当众夸我们领导就是与众不同,天生酷毙了的酷。我注意到,我们领导再也不会像小鸭子一样,偏着脸看人了,开会也不再挪椅子找藏斑的位置了。因为他可能知道,大家都看不见那东西了。

我们领导只有在上级有人来的时候,戴鸭舌帽,偏脑袋,还有在遇见陌生的漂亮女性的时候,戴鸭舌帽,偏着脑袋。

我非常苦恼。我该死的眼睛依然如故,千方百计地追寻我们领导的太田母斑,而且一叮上就不放。我只好戴起了墨镜。现在我天天戴墨镜,除非我们领导出差,或者我们领导的领导来视察,我们领导只好戴鸭舌帽的时候,我才取下墨镜。

穿过你的黑发的我的手。有一天,"巩汉林"对我说,你别戴那个黑墨镜。我们小蕾说了,在街上看到你,墨镜下面光剩下一个胖嘟嘟的下巴,好可笑耶。

我同样没有和"巩汉林"老婆——我的岳母正式或不正式地谈过太田母斑的问题。一次也没有,一次也没有。我不敢说。尽管我都请他们全家看了四次大片了。我仪表堂堂的岳母,还是不鼓励我单独请她女儿看。而我非常非常想看看我的穿过你的黑发的我的手。有一次我买了两张票,樱蕾美眉说,小马哥,我妈妈也想看这个片子耶!

穿过你的黑发的我的手。如果我不搞定她的太田母斑,就妄想搞定穿过你的黑发的我的手,我的手不能搞定她精钢丝一样滑过来甩过去的头发,就妄想搞定她其他什么"东东"了。

戴着墨镜,托着我善良无比的下巴,我在想,我一直在想,老天把那些打上太田母斑的选民弄到人间来,肯定是一件严肃的事。可是我不明白,我始终不明白,老天他老人家究竟想干点什么呢?

现在,我一直都戴着墨镜。

灶上还有羊肉绿豆汤

一

如果不是想起来,瓦煲里的羊肉绿豆汤可能没"off",文小明就不大可能回到金星苑小区。他是不可能为了老婆周小杰回去的。当时,也就在昨天晚上,周小杰比他早40分钟摔门而出,40分钟后,文小明觉得自己火透了,也摔门而出,连钥匙都没带。

今天在姐姐家喝早餐豆奶的时候,文小明忽然像被电击一样发了呆。姐姐看着他。文小明说,灶上的汤……不知道关了没有。姐姐知道周小杰横征暴敛的个性,就大惊失色地赶文小明回家。文小明根据以往的吵架经验,也猜测周小杰肯定不会轻易掉头回家,所以就打的赶回了金星苑小区。那时,太阳刚刚出来,浮在雾气上面照耀着小区。

虽然没有钥匙,文小明还是一路狂奔,他想象家里烟雾弥漫,门和窗火舌黑烟狼蹿的样子。文小明是从小区侧门的铁栅栏翻进小区的,那样到他家要近很多。文小明像有钥匙一样,飞奔上楼。楼道里没有人,文小明站在他家303门前。他贴着303的门缝闻了闻,又贴着一圈门缝仔细嗅了一遍,确实没有焦煳味道。是不是周小杰回来了?是不是她把羊肉绿豆汤喝掉了？或者,周小杰摔门而出之前,先把电源拔掉了？反正里面没有任何异常气息。文小明又把鼻子贴在门缝上,闭着眼睛连续抽气,焦味肯定是没有,但是隐约是不是有点羊肉花椒味的游丝？文小明再使劲抽气,好像又什么都闻不到了。

文小明顺着小区中庭花园的草径,从小区正门出去。如果文小明还是违章攀爬铁栅栏出去,他就远远离开小区,什么事也不知道了。但是,他回去的行走路线是文明正确的,结果,他这一整天都待在这里了,他不是失去行动自由,是他自己走不出去了。

小区正门出来就是小区通往外面世界的主干道,也是外面世界进入小区的唯一正道,能并行两辆小车呢。正门出来往左,两旁的店铺就多了起来,拐过一个缓坡浅弯,就能看到文小明家的那栋楼。远远的,文小明就看到十来个人,一律向后仰着头,往楼上瞧着,看那些身影好像有点焦急的意思,文小明不由得就想起羊肉绿豆汤。但他马上就否认,当然不是他家的问题,他已经勘察过了,安全。就算汤还在灶上,你想那么一钵子的汤,就他走出小区的这一小会儿工夫,就马上烟熏火燎起来了？不可能。刚才不是还隐约好像有些汤香味吗？说不定是靓汤正入佳境时呢。

这么想着,文小明就渐渐接近了那些身影有些焦虑的人群。

二

前天晚上,周小杰下班回来带回了半个黑羊脖子。周小杰是哼着小调回来的。家里钱不多,练就周小杰成了个淘金式的购物狂,周末的晚上,她总是淘到七八点甚至更晚,买回不少便宜货。文小明就饥肠辘辘地等她给他带的快餐。文小明是个懒惰而不爱生事的人,周小杰是个嘴勤脑勤身子勤的人,这样她自然成为家里的实质掌门人。周小杰虽然看上去飞扬跋扈,但是在卧室里撒起娇来却是流水行云,每一句话都讲得哼哼唧唧的,酥人骨头。文小明拿她没有办法。周末的晚餐往往非常潦草,但是周小杰一定会弄点什么好料做精彩夜宵,为一个销魂的夜晚铺垫,比如,昨天的羊肉绿豆汤。

但是,昨天晚上,那个羊肉汤没有达到目的。

起因是,周小杰竟擅自买回了一个手机。

搬到金星苑小区差不多半年多了。搬来时本来不打算再装电话,反正周小杰手里有个小灵通,而文小明单位办公桌上就有电话,下班回家周小杰也回来了,不需要。可是,周小杰打听到移机比新装机要便宜,就坚决要移。没想到的是,移机要改号,一改就发现,这个新电话老被串号,五花八门的电话天天都有。因为设置的是铃声超过五声,就自动转入周小杰的小灵通,几个月来千奇百怪的错误电话令周小杰不胜其烦,一气之下她把小灵通扔给文小明。文小明还以为她单纯,没想到才憋了半个月,她就不经商量,给自己买回了新手机。刚装修完,还没缓过劲儿来,好不容易存了点钱,计划好用作文小明父母国庆来做客的开销,怎么擅自买了大件呢?文小明非常恼火。周小杰辩称,是存了3000元话费白送的手机,非常划算。文小明说,总共就那么点钱,存死了,你让我父母来喝西北风吗?

这样批评反批评了几个回合,他们就吵起来了。文小明在看电视,边看边吵;周小杰在厨房洗羊脖子,边洗边反击;等羊肉放进瓦煲,投好作料,插上电,周小杰就到客厅开始看手机使用说明书,边看还边吵,文小明被刺激得气不打一处来,吵架忽然就升级了。

三

在雾气里虚白的阳光中,文小明往大拐弯那里的人多处走去,不算太喧闹但显然比较焦灼的声音就渐渐进了耳朵。文小明听到一个提着水果篮的男人挥动着胳膊说,不行的不行的! 我去敲过这家的门啦! 没人! 一个像咳嗽过多的苍老男声说,什么时候了呀,这不是故意给我们文明小区抹黑嘛。另一个很大嗓门儿的女声响起,她的腔调更加焦急,不行,赶紧弄下来! 不然我们这个小区要真给市长丢大脸啦! 一定要弄下来!

那一堆人用共同的焦虑声调交叉说话,他们摇晃着后仰的向上看的身姿。文小明还是没上心,因为他老远就看出,他们家的阳台没有任何烟火。不过,等他渐渐走近那焦急的人群,嘿,怪了! 他们竟然个个都在观察他文小明的家! 不只是这些马路中间的人,文小明家对面的那栋楼里,楼下所有店门里的伙计、老板,店门以上的各家各户不同楼层的人,都往他家看。那些周末的阳台上的男女,有的在晾晒衣物,有的在侍弄整理花草,有的在运动身体,反正大家半停半做地关注着他的家。显然,这里发生了比较重要的情况。

文小明顺着大家的目光,从下往上打量着自己的家。这里看到的是303,也就是文小明、周小杰家的阳台。阳台上能有什么呢? 一角堆着搬家过来后未及时清理的硬皮纸箱;阳台上有几盆花,茉莉和绣球,绿中发黄的枝丛,没多少生机,唯一比较鲜活茂密的是同学祝贺他们乔迁之喜送的一盆粉色杜鹃。猛然,文小明明白了事情的严重性:阳台上悬晒着一条棕绿的大浴巾! 这么隔着距离看上去,那条图案和颜色老旧的浴巾,有点像一面肮脏的旗子。

但文小明又充满疑惑。浴巾有什么值得这样关注呢?

文小明和这条浴巾的感情非同一般。这是文小明的随身宝贝。大约从幼儿起,文小明的母亲就发现,文小明必须捻着这个浴巾——当时是他的小盖被——的一角才能乖乖入睡。他母亲说,哪怕在睡梦中,你给他换一条,他也马上就能知道,就大哭大闹。所以从小到大,文小明无论跟父母出门走亲戚,还是读职业中专,什么行李都可以忽略,唯独不能遗忘那条可笑可亲的大浴巾。

他们是嫌我的浴巾难看吗?

平心而论,这条棕绿色的浴巾是旧了点,使之成为浴巾的小毛圈圈其实几乎都被磨光了,剩下经纬细线格子,忽大忽小,筋筋连连,烂猪肺似的,外缘也磨得像毛纸浆,有的边已经垂挂下来,远看就像个杂色破渔网。扔在垃圾堆里都不能肯定乞丐一定要它。虽然它是洗干净晾上去的,但它真的有点像火车上的拖把,陈旧而肮脏。

现在,站在人群边的文小明,看着看着暗自惊异起来:他的浴巾原来已经那么破旧了。如果不是借着大家的眼睛,他从来没想到它已经是那么破烂不堪了。它老了。老了。毕竟那上面承载了他二十多年揉捻搓擦,遍布着他童年、少年、青年不同时期的心思和梦想。要知道,任何时候,只要他回到床上,它就在那里等着他的身体,它的温润的、带着洗之不褪的母亲皮肤的好闻气息,它的绵软的、弥漫着无边安宁的舒适手感,通过他磨动不已的指尖,电磁波一样向他全身放射,随时抚慰着他从尘嚣中返回的身心。

可是没想到,它竟然已经这么衰老了。看上去,它简直不再具有浴巾的身份。不过是一张高悬的、烂糊如纸的、废旧如渔网且颜色可疑的布状物。大家叫它"肮脏的破单子",谁能理解它是一条心底宽厚的大浴巾呢?现在怎么看,它都更像一个丢人现眼的丑闻,一个不自量力的疮疤。

文小明有了点羞惭的感觉。

在文小明看来,那个大嗓门儿的妇女情绪比较激烈,她的语调有点像电视里的演说。她说,情况已经非常严峻了。周一,也就是明天上午,全国的文明卫生之城专家考评组要来了。这些专家厉害啊,区里说他们一到这里,根本不要工作人员陪,他们自己打的、坐公交车,他们要自己到处走动啊,在整个城市到处走啊,随便向市民提问——也不知道我们居委会发的问答提纲,大家都会背了没有——唉,现在也顾不上了,这么条醒目的丢人的烂布单子,如果被专家看到,我们小区还有什么文明可言!一票否决呀,大家懂不懂?有的人是不知道这次活动的利害呀!

文小明知道这个利害。相当长一段时间以来,报纸上紧锣密鼓地宣传争创文明之城,全城早就总动员了,还发了百万份"争创问卷",文小明所在的单位也贴了"人人参与,重在夺标"的倡议书,只是文小明不知道已经到了最后冲刺阶段。以前,区里、市里、省里的"创卫"检查组一到,居委会就会连夜通知,各家各户,尤其是临街住户,千万不要把拖把挂在凉台上,要藏到卫生间,等检查组走了再恢复正常位置,等等等等。这些,文小明一贯挺配合的。怎么到最后这一关,也是最高级别的检查时,反而出了这个差错呢?

文小明掉转脑袋,看着这案发现场。这马路中间,马路两边的楼房,一楼到七楼,上上下下,家家户户几乎都有从窗户和阳台上探询出的脑袋,有人还叽里呱啦地打着手势,帮助楼下的准备行动的人群出什么主意。显然,文小明的浴巾成了小区周末早晨的最大关注点。它就像一张巨大蜘蛛网中间令人不安的大毒母蛛,太阳还没完全出来,它就把小区的人们给一举网住了。简直看不出这是一个星期天休闲的早晨。

现场挺乱的,人们高一声低一句地七嘴八舌。文小明能感受到,大家是发自内心地对那个破布单有意见。有人批评户主不顾全大局,缺乏公民的起码觉悟;有几个人来去奔走分头寻找户主,更多的人在自发性地分组磋商,商量要把这个小区污点解决掉。

人们忽然蚁动起来了,原来有人弄来一根长竹竿,似乎要把破布单直接挑落在地。

四

人群中文小明的小灵通响了。文小明希望是周小杰，但同时肯定不是周小杰。周小杰是多么要强的婆娘啊。果然，是陌生号码。文小明一按，对方说，今天呢？今天路政他们查哪一段？文小明没有像以前那样不理睬地挂掉，或者咒骂一句"打错了"。他思考了一下，深沉地说，殿崽尾。还有那个佛光山隧道和懒人弯！

哇！对方哀叫起来，这生意还叫人怎么做？

文小明把电话按掉。他觉得自己像个日理万机却关注公共事务的人。事实上，他看上去和人群中任何一个热心分子没什么两样。他时不时仰着脖子，目光里有焦虑，看上去也万分操心着三楼303阳台的那条破烂肮脏浴巾样的布匹。

灶上的羊肉绿豆汤怎么样了呢？

算算搬进金星苑小区也半年多了，文小明谁也不熟悉，这和他经常翻铁栅栏不走正道有关系。小区保安对他的脸比较没印象；居委会上门入户登记，都是周小杰接待。周小杰本性是个好交朋友的人，但是他们家从三月份搬进来住到现在，邻居关系就没有发展好，入住半年多了，提起邻居，周小杰总是既愤懑又不屑的表情。

有一次，文小明加班回来晚了，听到周小杰在楼上吵架的动静，还有用什么东西敲打楼梯铁扶栏空洞而激烈的声音。文小明从来是个喜欢用浴巾抚慰自己伤口和梦想的人，不喜与人争锋，甚至总是怯场，自然就不愿上楼参加周小杰的斗争。后来才知道，起因是他们家晒的高弹棉絮被楼上浇花的水淋到了。楼上四、五、六、七层的邻居们，没有一家承认是自己干的。周小杰提着金属衣叉，咣咣咣猛烈击打着铁栏杆，一层层叫嚣着审问上去,就是无人认账,更没有人出来表示歉意。未遂的周小杰把火发在已经回家且躲在家里玩电脑的文小明头上。

周小杰仰天长叹说,就是家里男人不像个威猛男人,所以被恶邻欺负。文小明并不这样看。他觉得周小杰自己就很威猛了,可那又怎样呢?事实上,比男人还威猛的周小杰今天就是提一把尖头红缨枪,也未必有人买她的账。

还在装修期的一天晚上,文小明和周小杰的两个同学一起过来参观他们家的装修,回去的时候,路过金星苑唯一带电梯的高层,忽然一个啤酒瓶子从高楼坠下,准准地砸在同学的脑袋上。同学不出声地倒下去的时候,大家还没反应过来,他们也听到玻璃瓶的声音,但没明白怎么回事。扶起同学,才发现他头破血流。当时这事也闹得很凶。周小杰声嘶力竭地往楼上喊,喂,谁他妈的乱扔酒瓶子?喂喂!——砸伤人了你还龟缩着?另一个同学还吼了粗话,还是没人搭理,从窗口往下看的倒不少。值夜保安听到动静过来了,一看情况就愁眉苦脸了,呃……那个,您让我们找谁赔呢?

本来这事没那么便宜收兵,后来发现头破血流的同学一直在摇手,大家这才赶紧往医院撤退。后来周小杰就把那天晚上的急诊挂号费、CT检查费都打进装修成本了。因为没有人表示对此事负责,周小杰执意让文小明拿着医院发票去找物业理论,文小明不去。他说,谁理你呀?

文小明承认自己不喜欢邻居,周小杰的斗争也是有道理的,但是周小杰那么厉害,却很少取得胜利,文小明也就更没有信心和邻居发生冲突了。楼下"川味大王"的油烟麻辣呛味,文小明出过力,打过两次环保举报电话。还有楼下203每天要使用两次的养生按摩机,文小明被要求亲自去和那个退休会计对话,文小明敲开门,刚想说,你们家那个嗡吱嗡吱的震撼环绕声,实在太扰民了……老会计砰地就把门关上了。

还有空调滴水。这是夏天才发现的痛苦事。503家的。他家的空调水高高地跌落在三楼文小明家的钢塑雨篷上,咚——嗒,咚——嗒!白天吧,声音嘈杂,不太突出,晚上就要人的命了。大暑天的,本来就指望晚上能开窗睡个好觉,可是,咚——嗒,咚——嗒,咚——嗒的声音,就像有人用凿子凿你的天灵盖。周小杰也上去理论过,没用。文小明有时觉得,还好有羊肉绿豆汤之类美好的生活元素,要不然周小杰怎么过呢?

文小明自己就是靠着那条浴巾,慢慢慢慢地摆脱各色侵扰,走进自己的梦乡的。

五

雾气渐渐退去了,太阳光慢慢变黄,变得强硬了。现在,不但小区来来去去的人在操心303室的"破烂儿事件",看得出,连小区满地上来来去去的人影子、狗影子都充满焦灼。在明亮的太阳的照耀下,文小明更加感到,自己的浴巾确实比火车上的拖把布有过之而无不及,它就那么棕不溜秋、癞皮狗一样大张旗鼓地挂在那儿。楼下的人们越为它操心,它似乎越显得神气活现,在小区的阳光下,它简直就是一面挑战文明的旗子啊!

文小明不止一遍地问自己,如果我有钥匙,我愿意开门取掉它吗?令文小明困惑的是,最初的惭愧期过去后,他发现自己并不是很想把它收掉。他越来越清楚地发现,他原来并不太想开门藏那份丑。就是不太想,反复问自己,再问也是没感觉。是的,不太想。那不太想就像没事一样,拍拍手走吧,反正也没人认识你。可是,文小明又发现,自己其实也很不舍得离开现场。是灶上的羊肉绿豆汤吗?是吗,好像是,又好像不是。牵挂是有的,有时候还蛮强烈,但毕竟到现在门窗也都没冒烟。那么,为什么还是不想走呢？文小明最终也没有想清楚。

文小明站在报刊栏前,边看报栏的《南方周末》,边和众人一起焦虑地看看303阳台上的烂浴巾。他看到长竹竿拿来的时候,人们先是从对面楼伸过来捅,不够长；人们又吭哧吭哧分别跑到文小明家的左右隔壁去捅,好像因为都有个奇怪的死角,破坏了竹竿的灵巧和力量,连续无数趟都失败了,捅得保安和奋勇的几个居民胳膊发颤、脸冒虚汗。居委会的女人唉声叹气,说,我死了我死了,好不容易才借到这么长的竹竿,这么长的竹竿全城也就这一根了吧!怎么你们还不能用好它呢?我死了我死了!

文小明看着想了想,就对旁边的人说,可以加绑一根钓鱼竿试试。

那人说,对,对对。文小明的建议立刻被现场指挥接受了。

人们开始新一轮努力的时候,文小明走到对面卖铁观音茶的小店,一屁股坐在树根雕的椅子上。隔壁开灯具和性用品店的男女店员眉来眼去的,好像在恋爱,男店员对对面楼的那条浴巾,一直牙疼一样地掀着半边脸皮,对那条浴巾表示出十分夸张的不屑,一直说,这年头,这年头!

文小明的小灵通又响了。文小明接了。

昨天晚上,陈处、王处都还满意吧。嘿嘿,嘿嘿。

文小明也嘿嘿两声,气定神闲,陈处、王处什么人哪!

那——可不!所以我们不敢有一点点随便不是。嘿嘿,要知道,那些服务员可都是专门挑的。那个……呃,我们的质检报告……呃,嘿嘿,是不是请陈处再……

文小明响亮地咳嗽一声,你以为事情就那么简单吗!

对方说,那是! 那是!

文小明就把电话按掉了。

外面发生重大喧嚣,文小明起身出店。果然出事了,竹竿从三楼失手掉下来,砸到一个追小孩喂饭的妇女。那是小水果摊老板的老婆,老板去进货了,隔壁日杂店的女老板就风风火火地拿了一瓶老茶油,给被竹竿擦破耳朵的妇女涂擦。那个三岁的肮脏宝宝站在人群中哇啦哇啦地哭。

风来了,文小明的浴巾笨重地、高高地招展在小区的主干道上。

居委会的女干部气愤地为那个被竹竿伤害的妇女拿着暗绿色的老茶油瓶子。她说,你不对,是你不对!你没看到这里在处理这么大的事情吗?喂饭的孩子不长肉!你还满街追着喂呢——还哭!还哭!再哭警察就来了,把你妈妈抓走!这叫破坏小区精神文明建设!

一大堆人都咻咻笑起来。居委会的女干部回味自己的话,觉得是有点幽默,又自己补笑起来。但她和大家马上就不笑了,都不笑了,一堆人愁容满面地抬头看303阳台上那条糟糕的浴巾。大人的腿丛边,那个臭宝宝还真不哭了,显然,他对那老茶油瓶子发生了兴趣。

六

已经快中午十一点了。小区主干道上的人群始终没有减少。而且至少有十来个核心分子。警察和消防队员来的时候,围观的人数陡增了三四倍,后来警察和消防人员撤退的时候,人数变回原来那么多。坐在小店里喝茶的文小明看出来了,核心人数虽然不变,但核心成员是流动变化的,比如现在这拨抓耳挠腮、赶前忙后的奔忙者,绝对不是太阳刚刚照耀小区时忙碌的那一拨人,那一批很多人是提着油条、豆奶袋、菜篮子加入操心行列的。也不是十点左右的那一批人,十点钟的那一拨热心居民中有两个双胞胎中年胖子,就是他们——搞不清究竟是哪一个——失手把竹竿掉下三楼造成险情的,用居委会女干部的话说,要不是居民们深明大义,水果店的妇女肯定要去医院拍片子的。

太阳时隐时现,风一阵阵大了起来,看那浴巾,那条烂猪肺一样的浴巾,不算轻盈地飘动起来,简直有点放肆和挑衅的味道。

坐在小店里的文小明,不时抬头看看天上的浴巾,又看看地面上焦躁的人们。他想周小杰如果看到这个场面,会怎样呢?她是不是能认出哪个热心居民是他们同楼道的人呢?哪个又是她企图吵架的对手呢?

灶上的羊肉绿豆汤怎样了呢?文小明时不时闪过这个问题,下意识地用鼻子嗅嗅,搜索着羊肉绿豆汤的香味,或是焦煳味的游丝。从阳台上看,家里依然是没什么异常情况出现。周小杰这个土匪,果然又一次离家出走了,这次糟糕的是文小明还不知道她那该死的新手机号码,不然,文小明真想邀请她回来看看,看看她在现场会有些什么反应。作为一贯想纠正别人不端的她,看到他们家的浴巾轻而易举就成为这么多人纠偏的对峙力量,她会不会暗自欢欣?

文小明对自己没有带出钥匙这个问题,有阶段性复杂心理。一开始,也就是清晨他喝豆奶时突然想起灶上的羊肉绿豆汤的时候,那时候一路狂奔中最锥心的就是懊悔没有钥匙进门。后来他从小区正门出来发现自己的大破浴巾在公众面前丢人现眼时,他也有一闪念:哎呀,有钥匙这不就简单多了?但是,天知道什么原因,看着小区热心居民们狼奔豕突的着急焦虑模样,文小明就是越看越兴奋,越看越投入。他后来竟暗暗佩服自己褴褛不堪的浴巾,它多么镇定潇洒啊,这条令人恶心的浴巾,它完全超越了文小明的生活姿态。它多么毫无顾忌自由自在啊。文小明开始为自己没有钥匙而轻快起来。它帮助自己排除了作案嫌疑。可是,随着时间的推移,那条始终恬不知耻的浴巾,似乎过于强大了,以致文小明慢慢觉得,自己可能有必要群策群力,强化公众势力。

正是这个心理,当看到发生了竹竿伤人事件时,文小明就到居委会女干部身边像侠客一样轻声说,叫警察。

热心的居民们恍然大悟,冲着居委会女干部一起点头,对对对。

居委会跟警察关系还是不错的,两名警察马上就来了,但是,他们很快就一起摇头了。他们说,这个事,警察还真不好管,强制进屋没有法律依据,搞不好就被老百姓提起行政诉讼了。结果,俩警察就陪居委会女干部和热心居民们站了一会儿,小区主干道上,因为有穿警服的警察在,马上聚拢了很多人。警察调侃了一下那条大浴巾伟大的尊严,就用夸张的爱莫能助的表情,向居委会女干部辞行了。

一个在中午的太阳底下操心得满头汗的居民,悻悻地进茶店喝茶,他抱怨说警察现在像羊羔一样,一点用都没有,要他早就一脚破门而入了。警察这么维护浴巾的自由和尊严,让文小明颇为意外。想来想去,文小明说,我看可以打119看看。消防队员好像比警察更能爬楼。另一个喝茶的热心居民一听,马上奔出小店,用奔走呼号的身段喊,对啊对啊,我们打119! 我们打119啊! 居委会女干部和现场所有核心人员都赞许地交换热烈的眼色,说话之间,已经有三个人掏出手机,按出了119号码。

电话一通,他们就把电话给了居委会女干部。可能对方的受理态度不明朗,女干部冲着电话嚷,你们不是有求必应,有难必帮吗? ——当然是不得了的大事! 谁还有工夫开玩笑! ——要知道这里有多少群众在盼着你们来啊! 明天一早考评组专家就要到啦!

十分钟不到,119红色的战斗车,是拉着呜——呜——呜——呜——由低变高、循环不息的警笛从小区主干道那头出现的。它的出现,几乎使小区再没集体荣誉感的人都离开了午睡的床,大家穿着汗衫拖鞋,陆续聚拢在现场,在多云而风高的正午,小区热忱的人们,就那么在路边高高低低仰望着它。文小明觉得大家就像是户外电影场的观众,屏

103

幕当然就是他的破烂浴巾了。

消防队员最终还是走了。他们的中队长承认说,那的确是一块很不文明的布,应该取缔。但是,中队长又说,除非浴巾的主人同意,否则他们擅自架设云梯登高、擅自处置群众室内财产,更是不文明的。一条有主的、在自己阳台上飘荡的浴巾,哪怕再破,那也是合法的。它毕竟不是一个马蜂窝。

人们都十分失望。有人模拟专家出题考中队长和他的队员,争创全国文明城市的精神实质有哪三大核心?国民文明的素质构成基础是什么?物质文明和精神文明的关系?市民守则的最根本原则是……

中队长说,你们不要考我啦,我们昨天晚上还到三户居民家摘了三个大马蜂窝啊,我们教导员脸都被叮肿了。还半夜一点爬上七楼,为一个忘带钥匙、进不了家的居民开了门呢。我们是一支文明的战斗力量,但那个,中队长指指文小明的浴巾,真的不是马蜂窝啊。

消防队员在居民的嘘声中撤退了。居民们的情绪也被自己嘘进了最低谷。

七

文小明兜里的电话响了。两份鲍鱼粥!胡椒少放点,油条两根!银行中心19楼1910。

文小明说,好。就来。

再加份红油腌豆角!

文小明说,好咧。

电话又响了。对方是个女声,你到底还爱不爱我!

文小明脱口而出,爱。

对方说,那我问你,你——还是不是原来的你?到底还是不是?

文小明说,这是不可能的,每一天,每一个人都在变化中……

对方啪地把电话挂了。

这个雄赳赳的质问,让文小明想起了雄赳赳的周小杰。周小杰在哪里呢?这个恶婆。凭良心说,周小杰没搬进这个小区时,就是个脾气不好的东西,搬进这个小区,使她该死的脾气大大地恶化了,她一天到晚像吃了摇头丸,逢人就赌咒痛悔搬到这个金星苑来。搞得借钱给文小明买房的姐姐疑惑地说,自己当时真的手上不宽裕,不然她一定资助他们买周小杰看中的万星湖景。文小明跟姐姐解释,和房子没关系,是和邻居不好相处的问题。姐姐说,是啊,金边银边不如好厝边(好邻居)。但是,说是这么说,周小杰一来就诉苦骂娘,说高尚住宅区和普通住宅区居民的素质就是不一样云云,姐姐就硬是听出弦外之音,听出有责怪文小明家人不鼎力相助的意思,害她虎落平阳被犬欺。这样听来听去,文小明劝人不成,反而不由得把两边的人心都往不良心机里猜,猜得自己非常沮丧。

现在已经是下午两点多了,灶上的羊肉绿豆汤怎么样了?插头拔了还是没拔?汤干了吗?没干还是快熬干了?或者,根本没来得及通上电?还是冷冷一钵头清水生肉?——可能性不大,热爱生活的周小杰是多么热爱夜宵的美妙好料啊,这是生活的高潮啊——羊肉绿豆汤有充分的理由,在灶上文火中微微地翻滚着。

八

金星苑小区的热心居民,从三点多一点,又开始三个两个地出现在文小明浴巾楼下的小区主干道上。物业的负责人也来了,居委会女干部挺负责的,下午她是第一个回到这里的,而且带回一些不愉快的消息,比如,经查,303户主在居委会登记簿上留下的电话,确认是一方单位的,假日里怎么也打不通;比如,楼里面的居民都自发轮流地去按他们家的门铃,有人还放弃了午休。据不完全的统计表明,从上午七点到现在的十五点十分,已经陆续有十七人次去按了303家门铃。里面还是没有人。

专家检查组明天肯定会经过这里;经过这里,专家们就肯定会看到这条要命的浴巾;看到这条浴巾,那么小区所有的工作肯定就白做了;整个小区工作白做了,那么精神文明红旗单位也就垮了;标兵都垮了,市里的其他小区还有什么文明可言?全市的工作可能就垮了,那么,最后冲刺全国文明城市就成了泡影。可以这么说,现在全市能不能夺魁,就看这浴巾能不能被拿下!可是,竹竿已经是指望不上了,警察也指望不上了,消防也指望不上了。怎么办呢?

天阴沉下来,风更大了。有人说,风如果再大一点,那个破浴巾说不定自己就被吹到地上了。有人说,那就是老天爷也看不下去啦。

有人建议把小区后门打开,说,反正很多不自觉的居民喜欢爬后门,后门不开就翻围墙爬栅栏。干脆把后门打开!赶紧打开!

马上就有人替居委会批评了这个奇谈怪论。专家是微服私访,你有没有搞错啊?难道人家还要走你指定的路线吗?

有人说,有了!干脆在他们家阳台上钉一个封闭式遮羞广告牌,上面就写:热烈欢迎创卫专家团来我区视察!有人不同意,说应当写体现精神文明的句子,好显示小区人的精神境界,"有朋自远方来,不亦乐乎?"有人说,你们都是胡说八道,讲不讲法啦?人家的阳台是私有财产——再没素质的居民也有财产权,宪法规定的——你想钉就钉啊?退一万步说吧,就算大敌当前,我们特殊处理,那又怎么爬上三楼去钉呢?

所有人都泄了气，人们又开始愁容相对。

文小明的电话又响了。

爸爸，我今天可不可以吃比萨？我虽然没考到 98 分以上，但是拿了全班第一！

全班第十就可以吃啦！让妈妈带你去！

噢！噢！噢！太好啦！你是……爸爸吗？

是！当然！

文小明刚把电话挂了，那居委会女干部和一个大伯站在他面前。文小明一惊，以为发生了什么对他不利的情况。但看女干部和老伯表情和蔼，有恳求笑意，就放松下来。居委会女干部说，没办法了，只能派人踩着二楼的雨篷，翻上去挑。因为雨篷不吃重，我们要选个灵活的上去，个子要小。看你这么热心，都待这里一天了。你愿意来爬爬吗？我们弄到了一个老百姓的老竹梯。

文小明张口结舌。没想到他们奔忙不息，还注意到他已经在现场待了一天了。群众的眼睛真是雪亮的。这使他心虚心慌起来，为了克服心虚，文小明立刻说，噢，可以，我来试试。

因为底层是店门设计，挑高有四米。竹梯长度只到 202 室的阳台底边下半米的地方。文小明要灵活地攀上 202 阳台，阳台里面有几个男人牢牢控制着攀爬绳子，文小明捉住绳子，再往上爬上 202 碰窗顶部，再轻轻踩在雨篷上，然后，用一把红缨枪一样的铝合金衣服叉子，探入 303 阳台碰窗铁栅栏里，把 303 室的破浴巾挑掉。

居委会女干部做事还是很细心的。她派三个人扶竹梯，护着基础；四个汉子在 202 阳台敷设攀登绳，接应文小明由此向上攀登；又安排了两个男人在 402 阳台，悬放并控制着文小明腰上的安全绳子，防止文小明踩空踩塌掉下来。一米六五的文小明，个子是比较让大家满意，但是显然,文小明不是那么灵活的人,等爬到202阳台底下时,他自己在冒大汗,护手们也在冒汗。这个环节,他三次努力,不能顺利地抓住202汉子们敷设并牢牢控制住的攀爬绳。大家手都酸了,啧有烦言。文小明又吞了下口水,镇定地说,一个人一辈子要有几条浴巾呢?一个人怎么能没有一条浴巾呢?

说着,他就蹬了上去,等他站稳在202碰窗顶时,202的接应护手们递给他一把红缨枪衣服叉子。文小明调整好姿势,拿起叉子,很快他就可以接近303那条破烂大浴巾了。

这时——也许是叉子和铁碰窗的磕碰动静太大——303的阳台拉门,唰地——沉稳又轻巧地拉开了。

周小杰霍然出现在阳台门口,脸上涂着绿褐色的深海冰泥面膜。

文小明吃惊得差点掉了下去。

周小杰两只黄黄的眼圈里,看不出是否惊奇或恼怒。

文小明说,门铃……你?羊肉……

在绿褐色的面膜里面,周小杰看上去不动声色:

门铃我早关了!——有本事,你就爬呀!

黑领椋鸟

一

有一种刚抽芽的嫩芦苇颜色,特别像黑领椋鸟的叫声。

在空旷无人的山岭中,春天的微风轻轻推动带着露珠的芦苇新叶,黑领椋鸟的叫声就在快要消散的淡紫色雾气里传来,唧唧,啾啾啾啾,唧唧,啾啾啾啾。有时候在梦中,宗杉不能分清是黑领椋鸟在铁塔上掠过,还是新抽出的青嫩芦苇在梦境里晃动。

黑领椋鸟是最早到高压铁塔做窝的,三月它就来了,随后喜鹊、八哥,偶尔有灰鹭,都相继来了。宗杉喜欢看黑领椋鸟,每一只黑领椋鸟都有一个黑色的围脖,它们大都白脑袋白肚子,翅膀上黑白相间的羽毛有如水墨画。老秦说喜鹊好。喜鹊飞过高压铁塔的时候,展开的黑边白翅膀的确很奇异美丽,但是,它响亮的"cha-cha-cha"的叫声不耐听,音色也粗哑。老秦比宗杉更不爱说话,他只说,喜鹊是吉鸟。乌鸦不吉祥,所以,老秦也不喜欢八哥,因为八哥也基本是浑身黑乎乎的。在铁塔上,不会讲话的八哥,基本上就形同乌鸦了。

有一只八哥讲话的,在仁云变线#171铁塔。当时,它的窝建在绝缘子串上的斜铁架上。它们的窝有脸盆大小，里面有四粒带灰色斑点的蛋。宗杉把草窝托起搬移的时候，八哥夫妻要啄宗杉。但宗杉必须移开，不然，它窝里那些枯藤长草、布条、破塑料什么的，风吹悬挂搭到绝缘子串或者导线跳线上，就立刻跳闸，发生断电事故。

宗杉只是移开，老秦上来就是一把掀掉，二十几年来都如此。很多老巡线工也都是这样对付"鸟害"的。而鸟们制造的大面积断电事故，后果也的确严重。老秦这两年不爱登高，他负责地面，高空作业都是宗杉来。宗杉从来不把鸟窝毁掉，宗杉把它们小心地移送到一个离绝缘子串远一点的地方，还是在高压铁塔上。但那对八哥夫妇很不高兴。一周后，宗杉巡线看到它们又搬回去了。宗杉只好再次登高拆迁。平心而论，宗杉每一次都是文雅施工。在接近它们的攀登途中和乔迁中，宗杉总说，早上好哦，早上好。

八哥夫妇，或者夫或者妻，总是对宗杉尖叫。它们竭力反对宗杉攀爬上来，反对宗杉接近、接触它们的窝。在宗杉轻风细雨的问候中，它们气愤万分地叫喊、振翅、顿脚、啄击宗杉。

这个你建我拆的拉锯战持续了四个回合，宗杉还是赢了。因为最后一战，宗杉把一个废弃的足球尼龙网兜捆在它建窝的位置上，占了它死认的风水宝地，它只好愤愤地屈居在宗杉移动的窝里。没有想到的是，这对钉子户就在极度气愤中，学会了"早上好哦"。它说得比宗杉快，有点像磁带快速播放。老秦不相信，他说，胡说八道。他甚至没有好奇心爬上铁塔看看。老秦真的老了。

二

每年的三月四月，是个和黑领椋鸟约会的季节。

走在早春淡紫色的空气里,交错不息的鸟叫声,金属般穿透天际,很快地,山谷里,远远近近的铁塔之下,鞭炮花、迎春花、桃花,甚至雷公草尖、清明果草,都会模仿着各色青翠的鸟鸣声,尖细地、娇脆地、婉转地探出地面或枝头,然后在鸟鸣的鼓励下,一点点、一瓣瓣、一丝丝地绽绿爆红。山谷就鲜活起来,只有远山还是淡淡的灰蓝,宗杉他们知道,真正走过去,那里沉静的灰蓝就没了,其实也是春天的生鲜景色。

每年三月到八九月,都是高压线路鸟害最严重的时期,七八百座铁塔,一个月要合计清理两三百个鸟窝。那也是巡线工汗流浃背的日子了。鸟害严重的线路,一个小组有时是四五个人。宗杉和老秦是老搭档。他们这条线,鸟害一般般,有那么七八座铁塔比较严重吧。鸟害越来越重,老秦比较烦。老秦去向上面发牢骚要人,没有要到。老秦说,老二,就是你没有和我一致对外提意见,所以我们组就追加不到人。

追加不到人,所以这一老一少在寂寞的山岗上,总是保持着两人行。

每一次线路出巡,从城市的尘烟、噪声和混浊的颜色中走出来,宗杉就感到脑门子冰凉清新,有时尾骨神经那里忽然一个麻颤,唧唧、啾啾啾啾,唧唧、啾啾啾啾,就是黑领椋鸟的叫声掠过耳旁了。当然,宗杉对老秦说,不是每一声的黑领椋鸟的叫声都这么厉害,是有的时候。老秦不屑地沉默着,宗杉就更想解释清楚,他说,就是很久没有听到忽然又听到的时候,比如隔一个秋天冬天什么的,一听,尾骨神经就自动酥颤了。

两人一直走。年年都这么走。穿过深郊,隐身于崇山峻岭,或者绕过长长的水库。宗杉年年都知道,黑领椋鸟在人迹罕至的山岭中,在高大的细叶灌木上,在高压电铁塔上,正等着它的对手或暧昧的朋友。

年年如此。

后来老秦的膝关节很酸痛不灵活,宗杉就让他在地面多休息。有时宗杉在铁塔上,看到下面,老秦已经歪在蜂蝶飞舞的金色树桩上瞌睡过去。这个时候，穿着防护服的宗杉，独自坐在五六十米的铁塔上，心情就特别空旷无拘。他悠然地看东看西，看着春天绿油油的田野和淡黄浅绿的山岭植被。有一次，宗杉在望远镜里，看到一对年轻的农家夫妇忙里偷闲，在玩猪八戒背媳妇的游戏，最后两个人都跌到大片的油菜花地旁的水田里去了。还有一次，看到几个背着茶篓的采茶姑娘在一垄垄的茶树间，野兽一样地疯狂追逐。

他们组的鸟害重灾区都在云遥这一带。不爱说话的老秦说，他年轻的时候，鸟害没有这么严重，因为这里都是茂密的树木，很高大的灌木。木棉啊、大叶榕啊、古樟啊、落羽杉什么的，但是，现在，它们基本被砍光了，鸟就跑到高压铁塔上来了。

第一次认识黑领椋鸟的时候，是很多年前三月的一天，它特别的叫声，就像春野上的一枝忽然竞放的红杜鹃。宗杉站在铁塔底下，尾骨突然像被电打了一下地颤动了，他仰起脑袋。唧唧，啾啾啾啾，唧唧，啾啾啾啾。像一串串水晶乐句，消散在万里碧空，空灵深远得令人惊愕。两只鸟站在电线上，一只颜色是黑白，一只是深棕白，后来宗杉才知道黑白的是雄鸟，深棕白的是雌鸟。一个放牛的老人慢吞吞地经过宗杉的身边，后来又转了回来。他指着天上说，人家一窝原来是六只鸟，这两只是大鸟。上周村里把那几棵木棉和高大的什么树都砍了卖了，刚孵出的小鸟都摔死啦。它们拼命地叫，现在，看，只好住你们铁塔了。

很快，宗杉就能在百鸟争鸣中，分辨黑领椋鸟的叫声了。在#177铁塔，有两只花脚黑领椋鸟敢栖息在宗杉肩上，一只浅色毛绒球一样胖的雌鸟，有一次在电线上横走到宗杉身边，轻啄问候了宗杉为它而保持很久不动的指头。不过，后来，宗杉再也没有看见它。

夕阳苍茫、暮色渐起的时候，有时宗杉会特别想在铁塔上多待一会儿，宗杉不想下去。事实上，他们很少拖到傍晚收工，一般也就是一两点、两三点。这时老秦就会喊,天黑走啦!更经常的是,他连喊都不喊,到铁塔基座用扳手使劲一敲,自己就往山下走。暮色里的所有小鸟就和匆忙往下爬的宗杉默别了,晚风有时把它们的羽毛吹翻过来,像一只只道别的小手。

爬下去的时候,宗杉在想,倦鸟归林啊,对于黑领椋鸟它们来说,到底是归高压电线好,还是树木丛林好呢?不过,无论怎么想,反正再疲倦的鸟儿,也已经没有什么林子可归了。

三

今年鸟害最严重的时候,宗杉开始牙疼。所以,关于鸟害,"主战派"和"主和派"商榷最激烈的时候,宗杉往往牙疼不在现场。"主战派"个性相对直截了当,做事痛快,比如老秦,当年他还吃过毛鸟蛋,就是把铁塔上孵蛋的大鸟轰开,把快要孵出鸟的鸟蛋,在铁塔角铁上一磕开,就咪溜咽下去,老秦说他的师傅说这个大补,壮阳。老秦后来不小心喝吐了,在一个山岗遍地狂呕,他就再也不能吃大补壮阳的毛鸟蛋了。后来他就看一窝,踹一窝。窝里有待哺的幼鸟,一般都是连鸟带窝,抓起,塞进事先准备的袋子里,封死丢弃。有些时候,老秦上午才解决了一窝,下午路过,勤奋的钉子户又在叼草抢建,老秦说,他气得隔周就带了气枪过去。他说,太他妈的挑衅人了!

塔基下,那天,他们俩在树荫底下吃早上带来的面包和矿泉水。忽然,宗杉左边大牙咬到什么硬东西,顿时牙骨剧痛且酸软,他痛得矮歪了半个身子,老半天不能说话,光捂着腮帮子看着群鸟斜飞。宗杉用舌头摸索着检查到底吃了什么坚硬颗粒,没有。确实没有什么硬东西,口腔里最坚硬的东西,不过是一小片绿豆大的麦皮。

宗杉张嘴让老秦检视他的牙,到底是哪一颗坏了。老秦往宗杉嘴巴里看了半天,说哪一颗都好好的。老秦还比以往多说了一句话,张这么大,你他妈的还真像上面等喂食的小鸟。

听说"主和派"都是被提拔起来的年轻人,他们尊重动物,认为在树木越来越少的历史时期,和小鸟的战争是徒劳无益的,他们努力提出要因势利导。鸟窝没有什么不好,不好就在于它们爱建造在绝缘子串上方和导线跳线上方的危险部位。引开它们到铁塔其他安全的地方搭窝就对了。"主和派"大都是思想大于行动的人,他们温和、谨慎,做事拖泥带水,但喜欢公布自己的大好想法。

在"主和"的思路下,老秦宗杉他们小组也被率领着进行了不少探索实验,比如,投入统一制定的三角箱,占据危险部位,令鸟儿被迫移居。(但鸟儿偏偏在三角箱旁落户,而三角箱不能做大,做大了会影响绝缘子串的检修)未遂;在铁塔安全位置赠送精美铁皮鸟窝,引鸟入室。(喜欢在铁塔上安家的鸟儿,根本不喜欢封闭阴暗的窝,它们追求敞开、高空的阳光,拒进)未遂;购置太阳能风力驱鸟器。(鸟儿会趁无风的时候,把反射阳光的三个叶片用草绑起来,令其不能反射阳光而失效)未遂;投入超声波模拟老鹰发出惨叫的恐吓装置。(刚开始几乎吓破胆子的鸟儿不久就识破,那不过是假老鹰)未遂……

宗杉现在回忆起来,所有这些举措,像是不断在进取一气呵成中。其实不是这样,每一个点子从想出来到付诸实践,要有一个过程,被证明失败也要有一段时间。在这些进程里,情势会发生变化,一些关键性的有志人士可能会被提拔高升,"和鸟"工作就暂停一下;等接班人到岗后,又需要一点适应时间,就会再想出一个"和鸟"的好点子出现,这就开始又进入了一个新的循环,这个努力一般会持续到有志者高就再暂停,但是,暂停之后,新的循环随着新人新构想的产生,也一样会慢慢再开始。宗杉抽空去治牙的这段时期,"主和派"打出的思想旗帜是和谐,人与自然的和谐,这样,上上下下都非常支持他们。"和鸟"工作好像又紧锣密鼓地开展起来。

老秦那些"主战派"脾气不好,资格老,就喜欢说怪话风凉话。老秦是惜言如金的人,只说了几句,什么鸟没少,官倒多了不少。那些积极进取的人也不高兴,他们批评说老秦他们就是工作思路传统简单、层次低。

四

宗杉躺在女牙医的怀边。口腔医院诊室里十几张就诊躺椅,都调得让病人的脑袋快比屁股低,以便牙医坐着,轻易就把有着烂牙坏牙的病人脑袋揽入怀中考察或者治疗。第一次就诊,女牙医就确诊宗杉左侧上牙的倒数第二颗大牙隐裂了。是严重的牙隐裂,必须立刻处理,否则宗杉的牙随时会四分五裂,宗杉就永远地失去了这颗牙。而这颗牙,女牙医介绍说,是宗杉整口牙齿的中流砥柱。她说,所有人都这样,倒数的第二颗、两侧上下对应的这四颗牙,是主力牙。

把嘴巴张到最大的时候,宗杉就会想起老秦说宗杉像个等食的幼鸟。有一次,宗杉嘴张得过大,或者是女牙医摆弄得太久,宗杉竟然下巴脱臼了。咔嗒一声,宗杉的脸颊顿时酸疼难忍,支吾难言,真像一只绝望悲惨的小鸟。女牙医咯咯笑着,后来找来了一位老牙医。老牙医的手放在宗杉下巴上,一按一转一托,咔嗒,好了,复位了。

牙医总是冷酷镇定的人。哪怕她长着温柔美丽的眼睛,有着白玉兰一样纤丽细腻的手。第一次女牙医就奋力锉开了宗杉的一根牙根管,用一根绣花针大小、通身有电钻扭纹的针,掏刮里面的牙神经。痛得宗杉像被电击一样,几乎弹离诊疗椅。在那根针的肆意刮拽中,宗杉看到自己的牙根管像象牙一样长,一直倒长向脑海深处。那根后来宗杉才知道的叫扩大针的东西,就在他脑髓里狠狠刮擦抽拽,又好像是在刮椰子壳。宗杉充满了对牙根管里牙神经的断想：它是直溜溜的一棵树，还有着丰富的树杈呢。

在云义变线的#161铁塔，有一窝新出生的喜鹊。大喜鹊似乎很亢奋，看不出是不是攻击性增强了。对面，更低些的山顶，#162铁塔上，宗杉看到他熟悉的那只大花脚黑领椋鸟在看他。等一下宗杉会从电缆这端直接滑到那座塔，看看它。它会听到宗杉带着毒杀残余牙神经的药棉气息的问候。他们已经是老朋友了。黑领椋鸟是怀旧的鸟，旧的树、旧的窝、旧的朋友、过去的风景。

喜鹊窝里有五只小喜鹊，也许妈妈刚刚喂饱了，幼鸟们懒洋洋地用暴突的半睁眼睛看了宗杉一眼，没有恐惧也没有饥饿感。有一只幼鸟，好像是习惯性地大张了一下喇叭一样的大嘴巴，看到小喜鹊巨大的嘴巴，宗杉才想起鸟们一生都没有牙齿吧。它们自然也就没有牙神经，它们的神经就是树了吧。

检查完这个塔座，宗杉通过高空电缆吊滑到黑领椋鸟所在的铁塔上。黑领椋鸟在那里等他。宗杉一挨近，大花脚的黑领椋鸟倏地腾空而起，划了个弧线又落在原位。这是一个友好的身体问候。宗杉跟它挥手，它略带警惕地再次小幅腾起，很快就理解了宗杉的问候，停在了宗杉触手可及的铁塔角铁边上。宗杉说，你好吗？它歪着头看宗杉，宗杉向它伸出舌头。它又歪了一下脑袋。

宗杉模糊地想起一首儿歌：兄弟五六个，围着柱子坐，什么什么一分开，衣服都扯破。宗杉说，打一食物。黑领椋鸟黑宝石一样的眼睛，听得眨巴了一下，它歪着困惑的头。宗杉说，你见过的，绿色的，像芦苇一样的叶子，没有锯子边，不割手，兄弟五六个就是它的根，老了的根，你再想想，噢，应该叫打一蔬菜。想起来了吗？

大花脚黑领椋鸟目不转睛地看着宗杉的嘴。

它说话了,唧唧,啾啾啾啾,唧唧,啾啾啾啾。宗杉觉得它的嘴巴几乎都没有张开,那一串冰清玉洁的声音,就在他耳边荡漾而起。

恭喜你!猜对了。没错,是大蒜头。哦,你不喜欢它的味道吗?我知道的。我是想跟你说,我的牙齿裂了,要分家了。昨天我很痛,痛极了。牙医用一根很细的电钻针,把我挑起来了,整个人都挑起来,她把我荡来荡去。因为她挑扭着我的神经。唔,没有牙齿当然不行。你可以,我不行。我要牙齿的。什么,一颗也影响吃饭吗?当然,影响,严重影响,因为它有神经。痛起来的时候,比在一棵飓风里挣扎的大树还要痛。痛极了。

一人一鸟,很安静地站在铁塔上。

唧唧,啾啾啾啾。黑领椋鸟没有叫,是宗杉希望它叫而吹了口哨,但是,很不像,有点古怪。它就飞走了。起飞的时候,哨音就在宗杉耳边掠过,唧唧,啾啾啾啾,唧唧,啾啾啾啾……

黑领椋鸟掠过静谧的蓝而发白的天空。

峡谷那边,一只黑色的老鹰在高空翱翔。下面,粉白色的桃花、紫红色的映山红,在漫山遍野的灌木林中一<u>丛丛</u>竞放。

五

巡线工从一座山岗,走向另一座山岗。单位内部刊物有人发表诗作:我们从一个人生的山峰,跋涉向一个更高的人生山峰。狂风、暴雨、阴霾和冷雾、炎热、严寒,都阻挡不了我们电力人向上的心……老秦用这个铜版纸刊物垫屁股,再后面的诗行,到了屁股下面,他就懒得挪开屁股念了。就停了。

山岭铁塔间起起伏伏的高压线,就是他们的行走方向。一路查看线路,有没有枯枝乱草搭线,有没有塑料袋乱挂等各种潜在隐患,有没有线路歪斜、树倒线断、被盗被损等。老秦说,他年轻的时候,巡线工都是骑车,骑到山边,撂下车就进山了。等到收工才出山。线路检护的效率很低,每次出山都人倦马乏,碰到心里有事,想死的念头都有了。有次大年二十九,在荒郊野外,故障突击抢修完,老秦爬下铁塔的时候,草丛里忽然蹿起一条忘记冬眠的蛇,咬了老秦一口,幸好是无毒蛇。老秦说,为什么不是有毒的呢?妈的,反正都咬了一口。

在宗杉和老秦结为师徒搭档之前,老秦被新官上任的安检组长严厉查处过。杳无人迹的山岗山岭中的很多铁塔,被那个聪明的安检组长随机挂了一些吊牌。巡线工到了哪里,巡检完,就应该把哪里的吊牌摘回来。这样的好处是让巡线工不敢偷懒。老秦有一个吊牌没有拿回来,他说,是忘了拿。可是,他和原搭档没有通好气,搭档辩称是来不及去。老秦硬说去了,还处理了一个鸟窝。这样,口径不一致,老秦就被严惩不贷了。后来,汽车用得越来越多,把巡线工送得越来越远,但是,山里的行走,一座座铁塔的检修护理,还是要靠人工深一脚浅一脚地进行。再后来,那个组长早已经被提拔到外地挂职了,老秦还在山里行走。老秦有气,所以,鸟害季节,他下手特别狠也就可以理解了。老秦有个机灵的儿子,写过一篇《我的爸爸》的作文,说,我爸爸最大的愿望就是驾驶直升机去巡线,为大家送来光明。但是,这个作文被老师表扬不久,儿子就在夏天溺水而亡了。老秦还有两个女儿,她们都不喜欢写作文。老秦说她们像她们妈妈,又贪吃又丑,没有出息。

二十多年过去了,现在,真的开始有直升机巡线了,据说一架飞机两小时,等于六十个普通巡线工两天的工作量。不过,老秦已经彻底没有斗志了。有一次,宗杉把一窝鸟用外衣兜着,一路提回去,他也没有讥讽。那是一只被气枪打伤翅膀的灰鹭妈妈,守护着它刚出生却无力喂食的鸟宝宝,它们都奄奄一息地在窝里。而过去,老秦是很烦这些婆婆妈妈的事的。这些鸟最终还是死在了宗杉家里。老秦这才淡淡地嘲笑了他。

在巡线的时候，他们需要望远镜。每人都配有一个性能不错的望远镜。老秦不喜欢用它来查看线路上妨害安全的鸟窝、树枝、塑料袋什么的，他喜欢在家里看别人的家。但是，老秦只有看到特别有趣的东西，才会跟宗杉说上两句，有一次，他说他看到对面一户人家真正的"床头打架床尾和"的精彩故事，具体怎么精彩法，他没有再说。

宗杉也望到一个有趣的故事。有一个秋天的公休日，宗杉望到一户人家的客厅。盘腿坐在地上的男主人，在点地上的生日蛋糕上的蜡烛，和他围坐在蛋糕旁边的是三只狗和一只花猫。其中一只狗和猫差不多大，第一眼宗杉还以为是两只猫。

宗杉看到那个人合掌祈祷、念念有词的样子，看来是他自己过生日。接下来就是分蛋糕。每只狗还有猫前面，还有他自己面前，都有一个纸碟子。男人把蛋糕切了，在每个盘子里放了一小块。两只狗站了起来，离去；另外一只小狗和猫嗅了嗅碟子，望远镜里，看不清它们两个有没有品尝，后来小猫也走开了，只剩下一只小狗坐着。男人自己吃了几口，然后是大声招呼的样子，宗杉以为会有人过来吃蛋糕，但是，没有。不管是人还是狗，都没有再过来。男人寂寞地把蛋糕奶油点在自己鼻子上一大坨，又迅速点在唯一坐着陪他的小狗鼻子上。小狗跳起来，男人也跳起来，奔跑追逐就要点，大狗小狗顿时沸腾叫闹起来，宗杉这边都隐约有声，而小猫则在飞速窜来窜去，男人呵呵大笑。宗杉也笑起来。

第二天宗杉告诉老秦，老秦说，脑子有病啊！再没人给他过生日，也没必要拉猫狗过啊！神经病。

想到那个欢乐的场景，宗杉嘿嘿直笑。老秦说，小子，你他妈也是二百五！

后来，宗杉在山岭中告诉老秦，那个屋子里还是有其他人的，只是不常看见。有时,能看见晾晒的女人内衣。有时还有很多个男女在客厅里。偶尔还有老人出现。不过,看上去,男人和猫狗,是最容易出现的。

六

宗杉申请打麻药,但女牙医不鼓励宗杉打。她说,没有感觉神经,会使人不知深浅。在操作上没有呼应,这样不太好,甚至危险。宗杉苦苦哀求。女牙医就往他牙龈上恨铁不成钢地戳了一针。很快,宗杉就感到自己口腔发凉发苦,舌头有点木。女牙医随后就叮当操作起来,宗杉还是感到抽神经的痛,挣扎着摇手示意。女牙医似乎很高兴他还有感觉配合,得了大便宜一样地大干快上地说,好了好了,一下就好了!

牙根管要一根根地抽。每颗牙齿有四根牙根管,像鼎一样吧。每根牙根管里的神经,在宗杉现在感受起来,都是参天大树。宗杉被女牙医抽得阵阵哆嗦,不由得短促呻吟。这时,好像在十多张诊治床之外,一个大约刚会讲话的孩子的哭叫声传来了,那个声音像从水里冒出来,晶莹剔透:放开我呀,放开! 回家! 回家! 接着是更加响亮有力也更加晶莹剔透的请求:不打针! 不打针! 回家呀!

宗杉猜不出孩子在接受什么治疗,他在他的哭叫请求中,老是想到和他对望的黑领椋鸟。他趁女牙医换针的工夫,直起脑袋搜看一眼,就看见一堆人中,面对他的护士在温煦地笑。宗杉也觉得有点好笑。只有孩子可以这样肆无忌惮地提出反对意见。成年人不行,要么忍,要么选择麻痹神经。宗杉后来觉得黑领椋鸟空远清泠的叫声有镇定作用。

唧唧,啾啾啾啾,唧唧,啾啾啾啾……

女牙医其实挺好,她大度自然地默许宗杉的脑袋抵在她美丽的胸口。宗杉在剧痛中,也能不时感受到她的弹性和温暖。有一两下,他甚至感到他的脑袋触动了她的乳头,这使他有点震撼。但神经剧烈扭扯的痛,并没有因此减弱。女牙医认为宗杉的神经太过娇气,直到最后,被允许漱口时,宗杉抱怨舌头麻木,一嘴发苦。她才恍然大悟,我说推针怎么没有阻力,原来麻药都推到你嘴里了。你怎么不早说呢?宗杉说,你绞着我的神经,堵着我的嘴,我怎么说呢?

女牙医在透明面罩里面微笑。宗杉觉得即使是阴谋,现在看来也是有点美丽的。

宗杉说,你喜欢鸟吗?

女牙医没有说话。表情回归职业化的淡漠。她摘下面罩,起身到电脑面前操作什么。她说,先交钱,然后下去拍个牙片。

在桃花谷,漫山遍野的桃花已经只剩下花朵的胡须,一大批小小的果实正在诡秘地生长。满地的桃花瓣已经烂成泥,或者随风远逝。地面不再绚烂,天空也不绚丽。桃花林中间和靠近茶山的尾端有两座高压铁塔,这花海之间的铁塔,一般是喜鹊的最爱。喜鹊是爱美的鸟,它在空中展开的尾巴,一路翻飞着桃花的妖魂之舞。

那一年的这个季节,宗杉和老秦在桃花谷中央的高压电塔上发现一个鸟窝,里面竟然有五只猫头鹰幼崽和两只喜鹊,共七只小鸟。当时,老秦抖开随身的行刑处置兜,就要往里面塞,宗杉死死拦住。

老秦说,还想养啊,你养死几只啦!

宗杉打电话给他动物园的同学,对方说要。

没想到,动物园因为猫头鹰不易人工饲养,只接收了稍大的两只小喜鹊。宗杉通过动物园的同学又找到农林水利局。农林水利局林业站的人,立刻派出专车,把五只小猫头鹰寄养在一个农庄式的绅士休闲俱乐部,俱乐部表示待小鹰能够自立生活后再放归大自然。不料半年后,俱乐部负责人报丧说,由于附近有许多居民偏头疼,或是有人偏头疼四处找买猫头鹰,结果,五只猫头鹰相继被人偷偷盗猎了。

这之后,老秦经常叫宗杉"老二",意为"二百五"的简称。

七

在宗杉最后一条牙神经被杀死后,单位的"和鸟"工作又上了一个新台阶。新一轮的"和鸟运动"正在展开。听说多家报纸都长篇报道了他们追求与鸟和谐相处的过程。老秦说,里面点名表扬了宗杉多次救鸟、护鸟的事迹,歌颂了巡线工的整体素质。老秦看报说事一向很闷不精彩,宗杉又基本不看报,回家只上网,因此,他也不知道这事到底走到哪一步了。对于他来说,每天还是和过去一样。那一天,在铁塔上,他顺便把口袋里的牙片亮给那只大花脚黑领椋鸟参观,黑领椋鸟认真看了那个黑乎乎的小底片,但不以为然。

你不认为这里面有过一棵树吗?宗杉说。

宗杉把底片对准亮光,看,这真的不是你老家的样子吗?

黑领椋鸟礼貌地啄了一下那张黑底片。一只棕色白色相间、毛感松软如球的黑领椋鸟飞过来了。看来最近它们俩关系紧密。飞过来的棕白色雌鸟,嘴里衔着一个蕨草类的枝。宗杉有点吃惊:你们又要造新房吗?

两只黑领椋鸟偏着头看他。

拜托,绝缘子串和跳线上面是不可以的。铁塔的其他地方,随便了。

两只黑领椋鸟都谨慎地看着宗杉比画的手。雌鸟更加偏头,明显保护着自己嘴里的草。

旷野风高,远处传来嘚嘚嘚嘚——嘚嘚嘚嘚——的鸟鸣声,很像一个孩子在有节奏地敲打什么铝制品。还有一种像人把舌头侧卷起来吸气的声音,不知是什么鸟发出来的。声源方位都定不下来。铁塔下面,老秦在草地上使劲擦自己蓝色塑料头盔上的鸟粪,他大声咒骂,他妈的,他们要秀给谁看?!这么重的鸟害,只有靠直升机来洒农药啦!

铁塔上,黑领椋鸟伉俪还在听宗杉说话。棕色的……它们没有你们这样的黑围脖,它站在那里,怎么像练劈叉一样,两根细枝,它一脚抓一根。另外一只鸟呢,更逗,爪子一上一下抓着一茎芦苇,简直像撑竿跳的起跑,哪有这样的鸟啊,我第一次看到,可惜我忘记了它们的叫声,不然我可以模仿给你们听……

很快,新成立的鸟害防治研究小组副组长就邀宗杉一起去农贸市场,去寻找一种竹编的筐子类物品。他们用理论推断,这些喜欢高大疏叶乔木的鸟们,可能会需要这种容易洒满阳光的敞口筐子。宗杉想,副组长能致力鸟害事业几天呢?就像多级火箭一样,鸟害事业助力后,被一级级退下,火箭头就向着更高更远的地方去了。

看来,副组长研究过不少鸟,一路给宗杉讲述鸟类知识。他说宗杉看到的那种练劈叉的鸟,可能是棕扇尾莺。还说市鸟类研究所有个美女专家,大笑的时候,身上会发出植物的香气。他兴致勃勃,说,已经约好了,如果我们今天找的这个筐子可行,省电视台一套就要到山里的作业地进行现场采访,到时,他会建议宗杉和那个美女鸟类学家一起接受采访,谈谈感受。

宗杉摇头。一方面他害怕镜头对着自己,还有一方面,他觉得把这事张扬地拍摄采访起来,是件滑稽古怪的事。

农贸市场没有他们要的东西,在一个贩子的指点下,他们又驱车在一个郊外的老竹器社,终于找到了这样的东西。有两种备选。浅口的像脸盆那么大,深口的就是一尺深的普通箩筐了。最终,他们深口、浅口的各选了三个。

在他们来之前,几个编织老头挥舞着关节粗大的手,在唾沫顿挫地辩论,论题是"12生肖有没有一个好东西"。说没有一个好东西的反方代表说,牛——老实,就是傻瓜;说猴,滑头、不可靠;马,当牛做马,因此等于牛;猪,又懒又笨;兔,没有前途;虎,狠、恶霸;鸡,鸡头、妓女;蛇,阴险;老鼠,人见人厌;狗,贱骨头……

辩论交锋最厉害的时候,组长和宗杉进去了。正方老头说,龙,就是没有缺点的。龙就是好东西!反方老头说,龙,最假!世上根本没有,有,就是假冒伪劣……这样就等于捅了马蜂窝,所有的老头都生气了,有人摔了编织一半的筐子气势汹汹地去小便。

几个老编织匠听说宗杉他们是给鸟买窝,还要放到山上,求小鸟住,就一起呵呵笑起来。有个长得挺像麻雀的老头说,现在到处撒着浸过毒药的红谷子毒老鼠,结果,老鼠没毒死一只,麻雀喜鹊全部药倒,它们不懂,飞下来啄。你看,我们村以前麻雀最多,不怕人,现在都看不见了,天上树上都很安静了,都没有了。有个对辩论意犹未尽的老头说,鸟也不是好东西!一个老头愤愤地站起来,什么生肖,何止生肖!在你们眼里,哪一个动物是好东西?通通都不是!就是要吃!

宗杉和副组长不明白老人为什么那么激动,就讷讷地赔着笑。

几个老工匠互相看着又笑起来。他们替宗杉他们失望,也为他们的努力感到有些兴奋好奇。

这时,外面传来了鼓乐队动静,鼓声由远而近。愉悦、热烈,高蹈的旋律,宗杉以为是结婚喜庆。

两人抱着筐子,才走到竹器社门口,就看到一队人马从村里迤逦而来,嘭咚——嘭咚——嘭咚——嘭咚——前面是白色卡其制服镏金的军乐队阵势,半人高的白色大鼓、小号、唢呐、钹,后面一长队人马,打头的捧着一方照片,医生一样的大褂、少数民族特色的帽子,安然平和地走着。

竟然是出殡！在这么个激越、昂扬、高亢、达观的军乐中，他们在为一个老人送行。

宗杉愣住了，忽然眼眶发热，泪水差点掉下来。

副组长拍了宗杉一下，两人穿过小马路，走向汽车。

他们的汽车跟在这支像喜庆一样的出殡队伍后面，慢慢地开，直到大路口，和队伍分手。分手的时候，副组长才说了一句话，希望我死的时候……也有这样了不起的音乐相送……

宗杉就对这个人有了一点认同感。

八

九月中旬，在漆树微微发红的时候，漫山遍野近千座的高压铁塔上，都高高地放置了一两个浅口竹筐，远看就像塔上安了个接水的脸盆。试用了一个月多，看起来八哥、黑领椋鸟、喜鹊和灰鹭，还是比较喜欢浅口的那种，所以，浅口筐就被推广使用。

随着媒体报道，许多单位来拍照、取经。防治鸟害小组非常忙碌，赶写了不少调研文章和使用情况汇总，听说局里也在筹备全国丘陵地区护线经验介绍会。

老秦和宗杉依然两人一组，在深山浅滩里逛。那一天，老秦说，老二，好像很久没有看见你的花脚黑领椋鸟了吧。见宗杉没有搭腔，老秦说，天凉喽，八成是被人弄去进补了吧。

宗杉正在暗自思忖这个问题。凡是在大花脚黑领椋鸟喜欢落脚的区域，尤其是云遥变线 #177 铁塔，他都留心过，的确没有看见它，也没有看见它的新妻子。#177 铁塔绝缘子串上的浅口筐，已经被一对八哥占据，里面居然还有晚育的没有睁眼的两只小八哥。

大花脚黑领椋鸟去了哪里？是真的不喜欢别人赠送的鸟巢无处落脚而浪迹天涯吗？宗杉想起它歪着脑袋听他说拔牙故事，以及像牙医那样，观看他牙片的样子，就在铁塔上无声地笑起来。极目远望，山高岭长，一座座铁塔，骑山镇水，连接天涯。

大花脚黑领椋鸟去了哪里呢？

那天晚上，宗杉梦见大花脚黑领椋鸟所钟爱的#177铁塔严重跳闸，其他地方也频频告急，脑海里都是紧急呼叫、紧急救援信号。接下来全城一片黑暗，死沉沉的黑暗，密不透光，一丝光也没有，黑得稠滞沉重，黑得令人窒息。所有的声音和光都被吞噬了。

比地狱还黑沉。宗杉看不见自己的手。他翻转着手掌，一直想看到。

唧唧，啾啾啾啾，唧唧，啾啾啾——

宗杉感到尾骨一阵针扎似的酥麻。

很轻微、很清亮的第一声鸟叫出现了，晶莹、纤细、透明，如流星划过。

是黑领椋鸟。

唧唧，啾啾啾啾，唧唧，啾啾啾啾——

每一声黑领椋鸟的叫声中，都能看到一个针尖大的星光从黑色的穹隆中透射下来。

唧唧，啾啾啾啾，唧唧，啾啾啾啾——

唧唧，啾啾啾啾，唧唧，啾啾啾啾——

宗杉想辨认哪一声是大花脚黑领椋鸟的，可是，鸟鸣声越来越多，晶莹闪烁，后来就像银河飞瀑，无数的水晶颗粒在天宇激荡翻飞。抬眼望去，漫天星光璀璨，一束、两束、无数束的细长如十字、米字的银亮星光，穿透黑色的穹隆，充满温暖地洒了下来。

梦中，宗杉知道大花脚一定在里面，它是最清新的那一束星光。

醒来时，宗杉发现自己泪流满面。

给毛毛虫开膛取肠

到现在,我依然觉得,这种毛毛虫,只有最急功近利的大人或者洪小军这样的白痴小孩,才会下手弄它们。在我复述这种毛毛虫的时候,我的鸡皮疙瘩就微微乍起。当年,每一次我看到它们,就无法克制地颤抖,而在单位大院里,我是弹弓打鸟的神枪手,是能用两条红领巾做出游泳裤的孩子王。

其实怕那种毛毛虫的人很多,比如我妈妈隋满芬,她曾经改名隋东红,后来我爸爸还是倒台了,她就自暴自弃不再强求大家叫她东红了。还是说毛毛虫。隋满芬不怕蟑螂,不怕老鼠,不怕普通的毛毛虫,不怕天不怕地不畏鬼神,但是,她怕我说的这种毛毛虫。在我们大院里生活过的人,说到二十世纪六十年代,估计很多人脑子里都挤满了那种毛毛虫。

从我们大院大门进去就是灯光球场,球场后面是纵向排列的五六栋平房套房,直到城墙边。在每栋宿舍房中间,分别是一溜儿比房子高两倍的喜树、比房子高一倍的合欢树,还有比房子宽展很多的梧桐树和木梨树。但是,灯光球场周边,和连接五六栋宿舍楼房的大道,有好多棵像樟树一样的大树。我已经忘了是什么季节,应该是夏末秋初,那些树下就会垂吊着、爬行着绿色的巨大的毛毛虫。它实在是比普通毛毛虫大了太多,匍匐在地上,就像一条条人的食指,每一条都有男人指头粗长,肥硕,粉绿色的,体侧有蒺藜一样的毛刺。那个季节,我们院子里经常听到女人和小孩的惊叫声,有的是一打眼正面相遇了,就在你鞋子前面,也许不止一条;有的是"哗啾"一声踩到了,毛毛虫被挤出一大堆令人恶心的内脏,与此同时,踩它的人,就惊恐地补叫。甚至是晚上,踩到它的人,根本看不到它,光听了"哗啾"一声,她们就没命地尖叫。我妈妈隋满芬就打黑布伞,她以为很安全地走了一趟,但是,回家一收伞,天啊,一根绿色的"食指"就扒在她的伞上,她就一声连一声"啊以——啊以——啊以——"地歇斯底里地大叫。那时候太穷了,要不她肯定把伞丢了。她命令我去刮掉,我用眼神命令我大妹妹去,大妹妹就命令我小妹妹去,小妹妹就厉声尖叫,我妈妈就过来狠狠拧我耳朵。强龙压不过地头蛇,我只好去了。从拿起黑伞开始,我就开始打战。我非常想控制自己,不是想到要撑孩子王的面子,是真怕那根绿食指被我抖下来,掉在我脚上。有一次,我拿奶奶的吹火棍,敲山震虎地打击雨伞,要它跌到台阶下面的水沟里,它却扒得很紧,我只好用吹火棍的一头推它,那个肥大的绿色身子,一戳就软陷下去,身子上两根蒺藜刺互相碰了一下,而头上倏地伸出两根鲜红欲滴的触须。我哇地跳到一边,吐出了刚吃不久的地瓜稀饭。后来我大妹妹英勇接手,把那绿肥食指狠狠打进明沟里,可是,我小妹妹忽然大叫说,呀,你握的是刚才哥哥捅虫子的那一头!我大妹妹触电一样,哇地甩手惨叫,也吐出了刚吃下去的地瓜稀饭。

　　我们在城墙上打野战、玩情景剧的时候,都不需要严刑拷打坚贞不屈的那些东西,不管哪一派被俘,只要说,给他一条大毛虫!对方立刻就把理想信念、至爱亲朋、昨天在食堂偷的馒头通通都交代整齐了。这种毛毛虫厉害到,你根本不需要真的执行,光是一听,所有坚贞不二的心都没有了。只有一个小孩不怕,那就是洪小军。他也不算小孩了,比我们大七八岁,个子比他爸爸老洪还高,可是,他是白痴,动不动就歪嘴呜呜大哭,口水掉得很长;喜欢重复别人说话,喜欢打自己和别人的头。有时候打着别人的头,自己还感伤地呜呜大哭,好像吃了多大的亏。我奶奶说他傻进不傻出。

虽然他个子像成年人,但他只有五六岁的智力。所以,老洪老婆有时被他莫名其妙的、没完没了的呜呜呜呜弄得心烦,就央求我领他儿子去玩。每次都被我推掉。我是孩子王,手下有一个大院二三十个同龄男孩,呼隆来去的,谁也看不上洪小军。

其实,我妈妈隋满芬在任何时代都是漂亮的,只是我小的时候,对这个烂熟的老对手的认识一直混沌迟钝,她有老年痴呆嫌疑后,我依然没有今昔对比的恍然大悟。这个状况一直延续到她死去之后的某一天,我翻家里的老照片,才惊觉隋满芬有着对时代而言不像话的美貌。现在,倒回去回忆,难怪隋满芬当年可以有那么多不可思议的任性和霸道,那么嚣张、那么跋扈。说起来,有这个生命底子做支撑呢。其实不单是我,大院里的很多孩子,都吃过我妈妈的巴掌。比如那谁谁,上学的路上还在玩弹珠,我妈过去一屁股一脚,一声暴喝:"还不上学去!"两个小孩,就没命地抽着鼻涕往学校狂奔。比如,那个住水池边宿舍的艾卫星,那天趁各家午睡的安静时光,和妹妹艾小宝爬上土墙,忙着偷墙那边的邻居家橘子林里的青橘子。我妈妈从厕所出来,也不叫,过去就把艾卫星猛地一把拖下,吓得艾卫星尿了裤子,艾小宝鼠窜而去。我妈妈把下巴磨破的艾卫星押到他家,对老艾斥责性地宣讲"从小偷针、长大偷钟"的做人道理,害得老艾叔叔中止午睡,狠狠抽了艾卫星一顿。艾卫星换下的尿湿裤子,被艾艾老婆发现裤子又被磨破,她也参与了殴打,结果水池边那栋宿舍好多人的爸爸妈妈的午间休息,都被艾卫星的鬼哭狼嚎搞中断了。据我所知,在我妈妈发疯前,单位大院里的孩子一看到我妈妈,不管有没有干坏事,基本上是溜墙根走开的。

和他们相比,我挨我妈打的理由,根本谈不上需要有像他们这些开会也能使用的大道理。我挨打经常显得琐碎而莫名其妙。比如,穿球鞋的时候,后跟踩在鞋帮上,我妈妈手上的擀面棍就一棍扫在你大腿上;比如吃饭,不慎打了个喷嚏,有一颗饭粒奔出,隋满芬一筷子就抽到脸颊上,你脸上立刻暴起两条早晚会相交的红铁轨;打破碗碟,那你就死定了,你的福气造化就全看我妈妈当时手上是毛衣针还是拨火钳了。有时我端端正正地走在她身边,忽然脖子就挨了一掌,你摸着脖子东看西瞅,搞不清什么理由和原因。隋满芬已经走前面好几步了,匆匆的屁股写满愤怒。我只好猜是不是刚才踢了小石块,可是,鞋子也不是新的啊。

我父亲欣赏我的聪明,我奶奶疼爱我的机灵,我两个妹妹仰慕我一呼百应的孩子王气派。但是,我妈妈不这么看。隋满芬是我家,是整个单位大院我唯一的天敌,我似乎生下来的全部意义,就是为她整治和克复所专用的。我妈妈练我的时候,我爸爸不能救,我奶奶也不能救,否则战火会扩大,而且熊熊不熄。

但奇怪的是,我妈妈似乎是个颇有人缘的人。除了我老了才看出她有力量的美貌之外,还有一个我从小就知道的,我妈妈的手巧。我家的蝴蝶牌缝纫机帮助很多邻居缝补过衣裤,单身汉、有家的,我妈妈基本来者不拒有求必应;她能够通宵不睡,为结婚的新人赶织一件毛衣;单位很多叔叔阿姨的鞋子里,垫的是我妈妈做的鞋垫;来自北方的隋满芬,还会做包子、馒头和水饺。在南方,在当时,这简直是奇迹。我妈妈发面功夫高深,豇豆粉丝馅或者酸菜馅的包子,又大又暄、香飘万里;隋满芬的馒头,结合当地人的习惯,放了很多碱,那个黄色的大馒头,我的天,一扒开,香气熏得左右人微微眩晕口水满腔,肚子像公鸡一样叫;水饺我们不轻易做,肉票供应得太少啦,洪小军妈妈在冷冻厂,有几次给我们家弄来一些冷冻猪头肉,我们就包了大白菜猪肉饺子,还送给洪小军家吃了一碗,洪小军妹妹吃得笑眯眯,洪小军吃得呜呜哭,之后,他还拿着空碗擅自到我家说还要。

那个时候,住在我们家附近的邻居都是有福的。只要不是惹我妈妈隋满芬生过气,她会计划好的,轮流来,一次送一两家,一家送一两个,关系密切的,可能有四个,通常是菜包子或者黄色的碱香馒头。要知道,那时面粉有点金贵,都是用我们家大米口粮省下来买的。

出事的那一天,是周末。前一天晚上,洪小军的妈妈给我家带了一些冻猪脖子肉,还有猪皮。她用报纸包着,夹在胳肢窝下,特务一样闪进门来。一进屋就示意我妈妈小声,一边还支棱着耳朵表示隔墙有耳。我妈妈感激得死命压抑自己的声音,表情就变得很夸张。妈妈扭着脸说,哎呀!你们干吗不留给小军小华吃呢!小军妈妈像特务接头那样低声道,有,我们有。

那个时候,大概因为物质匮乏,好像邻居们送东西都是鬼鬼祟祟、遮遮掩掩的,万一被第三方看见,就很不好意思。送东西的人家会使眼色,要求别声张,受礼的人家,会蹑手蹑脚地表示惶恐不安,万一那家人不谙世事张扬着推辞,对方就会急赤白脸地低喝:忒!难看不难看!赶紧收起来!

为了避免难看,这样普通的礼尚往来的活动,家家户户都喜欢派小孩子来完成。一般情况都是女孩子来承担的。我们家主要是靠我玲珑剔透的大妹妹。她能把我妈妈交代的外交辞令复制得惟妙惟肖,包括语气轻重的拿捏;小妹妹也被派过工,但是,她的平衡感似乎有点问题,一次摔破了空碗,一次连烙饼带碗都摔明沟里去了,当然碗也破了。我妈妈气得暴打她一顿,当时她手上拿着纳鞋底的锥子,残暴的出手,迫使我爸爸奶奶联手相救,结果我爸爸也被锥了一下。小妹妹从此就失去参加礼尚往来活动的资格了。

本来那一天,送包子是我大妹妹的活儿。但是,我大妹妹有自己的黑名单。凡是上了她黑名单的,她就拒绝前往。据说有些人家惹她厌烦,比如老洪叔叔家的洪小军——他老爱敲摸她的脑袋;比如老吴叔叔的老婆——她口臭极了,齿龈都鼓着红包,又喜欢呵气说话;比如阿心姑姑家——她的一只手有六个指头,接碗的时候,让我妹难受不安。

我大妹妹是我妈妈最宠爱的干将,一贯劳苦功高,所以有资格挑肥拣瘦。她不干的活儿我干天经地义。所以那天,最后一笼大包子好了的时候,我妈妈说,快吃!完了趁热给老洪叔叔家送去。我妈妈说完,拿着草帽就走了,她要去加班送杂志。我奶奶已经用一只大碗扣着另一只大碗给我,说,小心点,烫。奶奶还说,包子倒出来,就把碗赶紧拿回来,不要拿人家东西!我点头。我知道很多人家讲究空着碗回来不好,要回点礼,最不济的放两块新生姜也好。

我抱着一对扣碗,像抱着西瓜,一路贼贼飞跑。穿过合欢树宿舍楼,来到前座的喜树宿舍楼。靠西头的第二间就是老洪叔叔家。他家也是一个套房,最外面是个大厨房。里面有一张吃饭桌,一排好大的灶台。灶上有三口大锅,其中一口锅堆放杂物,一口锅管生锈,最外面的一口大锅管煮饭做菜。老洪叔叔在单位比我爸爸的官小一点,总是心事满腹的样子,基本不搭理小孩,但是,也不太管我们。我有一次在他家玩大锅,假想着里面咕噜着一锅红烧猪肉,和洪小华一人一把大锅铲奋力对炒,结果,我把他家的锅打破了,锅耳朵下面三寸的地方,有了一个花生大的三角形小洞。洪小华当场挨抽了,她跺脚说是我干的,不赖她。洪小军咧着嘴,帮着她哭。但是,老洪叔叔没有骂我,事后也没有告诉我妈妈。不然我肯定逃不掉一顿暴打。凡是涉及别人家的事挨打,很多家长喜欢在家门口、过道、操场等公共地带进行,而且下手都特别狠,故意让我们鬼哭狼嚎地让大家都听见,告慰受害方,以示自己家教严格、管教有方。

对于我来说,他家的锅简直就是三口井,囫囵煮一个我们这样大小的小孩,肯定没有问题。后来我才知道,他们家养过猪,那么大的锅用来煮猪菜。在我家,我奶奶是不会让我们接触厨房用具的,而且我们家的锅只有他家一小半大,平淡无奇,激不起任何想象力。不过,即使老洪叔叔家的锅像井,那次把锅玩破之后,我也没有兴趣了。主要还是因为我烦洪小军那个呆子白痴。

我把大热包子抱进老洪叔叔家,老洪叔叔正要出门。洪小军和洪小华正在灶台抢锅里的稀饭锅巴。我自己把四个大包子倒在他们家桌上,叠好碗就要走。小军和小华立刻丢下锅巴,扑向桌子,被老洪叔叔一手一个捉住。老洪叔叔说,谢谢你妈妈啊。我说我妈说不用客气,就跑了。

一到家,奶奶还在洗碗。她说,老吴叔叔家怎么说?

我登时傻了。我盯着我奶奶,眼睛不由自主地眨巴。

奶奶说,不好吃?人家说?

我吞了一口不存在的口水,说,你说谁?

奶奶说,老吴家呀!奶奶有点紧张了,她看出问题了。她停下手,轮到她盯着我。我一个转身跑进套间,我的两个妹妹正在一起开表扬会。我问,妈妈刚才说包子送谁家?我大妹妹和小妹妹齐声说,老吴叔叔家!

天旋地转。那次之后,我的作文立刻无师自通地学会使用诸如眼冒金星、五雷轰顶、气绝身亡等几个成语。奶奶进来,揽过发呆的我。我直愣愣地看着我大妹妹指着自己的脚趾说,你表现很好,我很舒服。她又指着自己小腿说,你们两个也要表扬。最后,她拍拍自己的两个膝盖,说,我要重点表扬你们。去年你们不是这个跌倒,就是那个擦破,害我天天痛,还烂,洗澡都不能好好洗。今年你们好多了,和肚子、脖子一样,爱学习,开会认真,政治水平提高了,我一次也没有跌倒。"忍嘚扔嘚扔嘚忍嘚——"我妹妹站起来载歌载舞,她对自己的全部都很满意,表扬会开得很圆满,我小妹妹也起来伴舞。她们一边跳舞一边对我做鬼脸。

奶奶搂住我悄声说,你送到哪里去了?

老洪叔叔家……

我大妹妹立刻尖叫,是老吴叔叔家!

这猴子精根本无心跳舞,她全神贯注在我这里呢。她知道我出大差错了。小妹妹不明就里地跟着大妹妹停了下来。

看妈妈不打断你的腿!大妹妹逼视着我,义正词严气冲云霄,明明说送老吴叔叔,怎么会瞎送到老洪叔叔家?!大妹妹两手叉腰,一副小隋满芬的样子。你知道一斤面粉多少钱吗?!妈妈的话,你也敢当耳边风!看你今天还要不要活!你就等着吧,妈妈很快就要回来了!她不扒你的皮才怪!

大妹妹狗腿子的嘴脸固然可恨至极,不过,她说的话有现实依据,基本可以当成我妈妈风暴的预习。奶奶更是明了隋满芬的厉害,她安慰我说,既然送了就算了。回头我跟你爸爸说了就是。

想得美!我大妹妹断然说,看吧,你们等着瞧吧!她一指我,哼,我看你还是自己找洗衣板先跪下,也许妈妈会下手轻一点。——真是笨得出奇!

小妹妹说,哥哥你穿厚一点,挨打不疼。

这个时候,大家,包括后来要拯救我的爸爸,都一个思维惯性,我铁定要挨打了,一顿空前绝后的暴打才能让我赎罪,让妈妈解恨。万万没有想到,我妈妈竟然只抽了我一个大嘴巴子。

她说,去!马上给我讨回来!

——讨回来?!

——讨？回？来？把送出去的包子？

全家人,包括我猴精的大妹妹,全部傻呆了。

这个惊世骇俗的解决方案,简直让地球都不能自转,即使全世界的人一起做梦,也未必有一个能想出来！眼冒金星、五雷轰顶、气绝身亡、身败名裂,这类成语奔到眼底,当时我最大的愿望,最强烈的愿望,就是隋满芬暴打我一顿,怎么抽都行,死了算啦。但我妈妈毅然决然的脸色告诉大家,讨回包子是唯一的选择。

我磨磨蹭蹭地走向洪小军家。

我奶奶、我大妹妹、小妹妹、我爸爸都倚在门边目送我。

一路上我是这样盘算的,如果他家把包子吃了——这种可能性极大——我就提也不要提,撒腿就回家复命,暴抽一顿是少不了的,但好歹保全了名节,再不济,怎么说我也是大院同龄人中的孩子王,这种窝囊事传出去,让人感觉太要命了;如果呢,老洪叔叔家还没有吃——这种可能性基本没——我也只能实话实说了,送错了,我妈妈要我拿回去。这么直言,唉,其实,即使十来岁的我,也很替我妈妈、替我们家尴尬,很不好意思。另外,我觉得特别对不起老洪叔叔家。我不明白我妈妈隋满芬怎么可以这么想问题。人家老洪叔叔会怎么想呢？临近洪小军家,我才彻骨感觉到,索回包子,比我在家里想象的,还要恐怖一万倍。这真是一个非人折磨的疯狂方案。

老洪叔叔家里只有洪小军一个人。他就坐在餐桌上,一瓢瓢喝着什么灰溜溜的菜汤,流出来的黄绿色鼻涕粘在瓢羹上,每一次舀汤,鼻涕就像吊桥一样拉长。我扭过头,去看他家的菜橱,也没有包子。桌子上没有,菜橱里没有,锅里也没有！看来是吃掉了。

我问,包子呢？

洪小军一听就呜呜哭了。我很讨厌他的哭相,为什么他非要把上下唇错开来哭呢。我熟练地进屋,找来一张草纸,给他抹掉恶心的鼻涕。

别哭啦。我说,包子呢?我刚才送来的包子呢?

洪小军抬头看天花板。那里吊着两个篮子,还有几包东西,一捆细铁线扎的,看得出来是干茅草根笋干之类的干货。两个篮子中的一个,有点干净,像是食品篮。我估计包子在那里面。我奶奶怕东西坏,要不吊起来通风,要不浸在井水里降温,那时,生活老练的人都这样存放东西。

包子在上面?

洪小军点头。过去的房顶高,我个子小,站在凳子上,还差得很远,即使踮脚触到了篮子底,也无法让篮子脱钩。我搬了个木凳子,跟洪小军说,上去拿。洪小军猛烈摇头。不知道他是不敢爬,还是害怕被大人骂。我执意要他上去,他扯着嘴,又想哭了。我只好不再推他。这样看来,包子还在,我妈妈再抽我的可能性倒是变小了。

我坐在洪小军对面,手支着脑袋等他爸爸。我们之间隔着饭桌。他又开始兴致勃勃地喝汤,鼻涕也探头探脑地想喝汤。

我说,你爸爸什么时候回来?

洪小军这下没有再哭,而是笑了一下,笑得黄绿色鼻涕在鼻孔那里吹出一个泡。我转头,不看他,抬头盯着那个高高在上的吊竹篮。老洪叔叔到底去哪里了呢?洪小华也疯到哪里去了呢?她在就好了。不过,她可能更不让我把包子拿回家。这个事情只有大人才能决定,搞不好以后两家就断交了。我在他家痛苦地转悠,最后趴在他们家饭桌上,唉,我真是愁肠百结,怎么说,隋满芬都是一个太奇怪的女人。

——我为什么偏偏就听错了呢!

洪小军家的灶间有个劈柴墩,旁边是劈了一半的柴火。想了想,也是百无聊赖,我站起来劈柴玩。斧头很锋利,可是我瞄不准,总是劈歪。

劈了十多块以后,我有了感觉。人小力气差一点,每一块大柴火,我都要劈它三四下。很快我就汗如雨下了。这时,有一个好念头出现了:假如我劈一半的时候,老洪叔叔进来,看到我劈的小山一样的柴火,会不会一感动,就不太介意我把包子拿回去了?这么一想,我豁然开朗,学着大人,往手心里狠狠吐一口唾沫,手里的斧子大起大落地大干起来。那个时候毕竟小,我不知道我在拼命履行我小小的补偿愿望。

呆子爬下饭桌,忽然过来把手臂伸进斧头区。吓得我一收手,差点跌倒。呆子说,不劈,做钓鱼线。

我不明白洪小军这白痴在说什么,但是我很耐心地听着,我今天绝不得罪他,绝不伤害他,我要让他高高兴兴,我让他继续说。他说,毛毛虫,我要钓鱼。

我还是不明白。呆子用手臂横擦了一下探出鼻孔的鼻涕,我恼恨地扭开脸,说,你到底要干什么呢?

洪小军指着我的短裤,不然,游泳。

这个我懂。我们城墙下就是护城河,大院的孩子夏天都会下水。我们偷过学校很多新红领巾,我偷偷用我妈妈的蝴蝶牌缝纫机,给大家做了好多条红色的游泳裤。一时之间,护城河里兜着红屁股游泳的,都是我们的人。虽然十多岁,我的手艺却相当好,很多孩子的父母,都不相信那是我的作品。洪小军向我要过红领巾游泳裤,我根本不理睬这个呆子。他妈妈也帮他向我要过,我推说他屁股太大,一溜烟跑了。没想到这个呆子,居然还记得这件事。

我又比又画地跟他耐心说,一是,他是大人的屁股,兜不住;二呢,我现在没有多余的红领巾。以后,等他积了四条,我再想想怎么帮他做。呆子听了严肃点头,可是转身他又说,游泳。

我发现我劈柴的手心火辣辣的,拿起细看,红色手心里起了好几个水泡。抬头,我眼巴巴地久久地看着吊篮。我又搬过一把大椅子,哄洪小军站上去,我说,看他能不能够着吊篮。呆子一下就识破了我的用心。他说,毛毛虫,钓鱼呀。他竟然拉我出门,要走。

我不走。洪小军兴奋地比画着,忽然我明白了。太恶心了!我知道他要干什么,我看过有大人这样干过,把食指肥的毛毛虫剖开,从里面抽出棉线一样的肠子,可能有一两米,白白的,晒干。大人说用那个做的钓鱼线特别好,在水里没有影子,鱼就会很快上钩。

大人蹲在地上搞这个名堂的时候,我都远远走开。其实,我一想到他们用电工刀划破毛毛虫肥软肚皮的时候,我就胃部痉挛欲呕。洪小军把他的大手坚定地搭在我肩上,说,毛毛虫,钓鱼。

我不想离开我的包子,我不能去找毛毛虫,更不能够给毛毛虫开膛取肠。我像傻瓜一样,扒着门框和洪小军角力。那呆子力大无穷,差不多要把我抱起来。我说,你帮我把包子取下来,我给你一条红领巾游泳裤。

洪小军说,钓鱼,毛毛虫!

你不要红领巾游泳裤了吗?

呆子说,毛毛虫!钓鱼!

他兴奋得呼呼笑。我说,好吧,我们走。你敢不敢拿?

洪小军凝重点头。我说,我们拿一条到你家门口,再破肚子取线,好不好?

呆子点头,我们就出门了。昨夜大雨,大树底下要找几条肥腻的绿指头不是问题,问题是我对自己毫无信心。我不想叫我的手下来干,我甚至不希望路上遇见他们,否则我都无法向老洪叔叔开口要回包子。因为我觉得我妈妈的吓人想法绝对是丑闻,是一件极其丢脸的糗事。

在灯光球场上,有一些绿毛毛虫的肥硕尸体,不知是车压还是人踩的,内脏绿绿白白的一大堆。身子却干瘪得像层绿皮。我和呆子走到球场边的草地上,"哗啾",呆子的大脚下响了一声,我跳起来,呆子也笨重地跳起来,妈的,原来他也怕得要命。我跳起来的时候,发现雷公草丛里,卧着好多条绿色的大毛毛虫。我浑身的汗毛像立正一样,唰地全部奓起来。我克制不住地颤抖。后来我一直不能吃海参,我觉得满地那些比指头还要肥长的、毛刺刺的毛毛虫,晒干泡水就是海参的样子。

就像在雷区一样,我不敢再迈步。我对洪小军喊,你快拿一条啊!

呆子扭着嘴巴,直瞪瞪地看我,又绝望地看看毛毛虫。

我说,你快拿呀,我们去你家取肠子!

呆子快哭了。难怪他要我干这事!我已经胃部痉挛要吐了,可是,我害怕洪小军哭,他哭起来声音很大,而且像刮大风那样呜呜得令人发慌。我只好就地捡了根细树枝,折成筷子。颤抖中,我左看右看,选了一条我确定死掉的。夹起来的时候,它软软的,没有动,可是我的手在抖,腮帮子一阵酸水涌涨,我哇地吐了一口。

我一路哆哆嗦嗦地把那条毛毛虫弄到了洪小军家门口。我们俩蹲在台阶下。洪小军不知为什么,一定要我进厨房开膛取肠。可能是怕别人觊觎他的宝贝。我的胃部在强烈痉挛,这么近距离、这么长时间地和毛毛虫在一起,我几乎崩溃。我也一阵阵想哭,我恨我妈妈。恨到极点。我不知道如何开刀弄出虫肠,更主要的是,我一直在颤抖。我估计我没有办法拿起刀子。傻瓜往我手里塞了一把很长的西瓜刀。

这个时候,厨房门口进来的光线暗了一下,有人进门了,是洪小军妈妈。紧跟着,我的耳朵边响起一声刺耳的尖叫。是他妈妈对刀,对刀边的我和她傻儿子的猜疑,起了剧烈的反应。

我迫不及待地说,包子!我家的包子我送错了。

洪小军妈妈看着我,我抬头看着他们家吊篮,我说,我妈妈要我拿回去。

洪小军妈妈的眼珠子,真的从眼眶里掉了出来。我当时就是那个感觉。洪小军的妈妈根本不相信我说的话,我也知道我的话,大概超越了人类想象的极限。她可能觉得我领着呆子干恶心邪恶的坏事,或者正欺负她儿子。看出这一点,我语无伦次,我说,真的,妈妈要我把包子拿回去。我前面送来四个。

洪小军的妈妈盯着我,努力消化我的话。她艰难地说,没有了,吃掉了。

我一下就抬头看头顶上的吊篮。我不能理解和相信她的话,但是,我觉得够了,可以结束了,这个白日噩梦。我转身飞也似的逃出她家。

我听到后面又是凄厉尖叫,应该还是呆子妈妈。也许她又看到我们扔在地上的绿肥食指毛毛虫,也许想到其他什么要命的东西。

那天晚上,我肯定是挨了打,但是我已经忘了打得有多惨烈了。我只记得我大妹妹为了拯救我,自告奋勇前仆后继地说,她再去讨包子,因为她相信包子还在吊篮里面。我爸爸尖叫着制止了她。后来我听说,那天,老洪叔叔之所以不在家,是他妈妈,也就是洪小军奶奶正在医院抢救,什么病不知道,反正他奶奶那天没有抢救过来,就死了。

慢慢地,我和我的妹妹们都长大了。我大妹妹有一次被误诊乳腺癌又"平反"之后,在医院住院部惨淡的阳光中对我说,怎么会乳腺癌呢,应该是皮肤癌才对,因为我在梦里老是觉得自己皮肤下面爬满了毛毛虫,每次在梦里噼里啪啦地自己扑打,把自己打醒了。

奇怪的是,我妈妈隋满芬根本不记得我们小时候大院里的毛毛虫。她说,哪棵树下没有毛毛虫啊!我说,那种像食指一样粗大的绿色毛毛虫,你不记得了吗?她说,有啊,但不是在我们大院,我在外面送信有看到过,很恶心。

我妈妈更矢口否认她让我去别人家讨回包子一事。她说荒唐!因为她遗忘,我就努力帮她回忆。她很厌烦。有一次,我们再次就此争辩,她气得笑起来,笑得很哀伤,她对客人说,小孩子的记忆,真是千奇百怪!客人说,是啊,要不怎么说小孩子可爱呢,他们是最有想象力的。客人笑着看我,现在让你想象也想象不出来了吧?

　　我说,我不是想象,是真的。

　　我奶奶和父亲都死了,我小妹妹向来都两眼茫然地说不记得了,大妹妹呢,每次都表情复杂,你根本看不出她是同情我还是同情我妈妈。那次,她死里逃生在惨淡的阳光里说到毛毛虫,我说,小时候妈妈逼我去老洪叔叔家讨回包子的事,你真不记得了?

　　好像……有这回事吧……大妹妹说,可是,妈妈说没有,我觉得也对,怎么可能呢,也许,你把小时候的一个梦当成真的,记忆下来了。大妹妹说,说真的,你小时候的坏人坏事实在太多了……要我们每件事都记住,是不可能的。

少许是多少

一

游兵在厨房里修菜罩子,他希望在老婆起来之前修好。

游兵的父母从外地来了,母亲一来就把菜罩子给弄坏了。她总是抢着做家务,见缝插针地抢,差错因此增多。

那个菜罩子看上去很简单,就像把开合的无柄阳伞。平时看见老婆揪着伞尖,一拉一压,收放自如。母亲不知道怎么操作的,菜罩子竟收成了合不拢的冻鸡爪,合也不是张也不是。母亲已经是第二次操作失败了。

第一次是母亲刚来的第一天。母亲当时就很难堪,父亲在旁边像向主人献殷勤一样,强烈指责妻子,不会弄的东西,别想当然乱来。这不是你自己家!母亲讷讷,手里还想努力。可是那个冻鸡爪就是筋骨僵硬。游兵说没关系,没关系,我看看。游兵接过,看那白色蓝色的蕾丝网里面,有个无名指大小的白色塑料芯子歪了,显然是这个关键部件导致了菜罩子合不拢。可是,游兵颠来倒去摆弄了半天,那塑料芯子不动,菜罩子就是张合不得,死了一样。

游兵暗自惭愧。游兵是个一向被老婆伺候的男人。生活上,老婆照顾自己实在太多太周到了。就说菜罩子,游兵一餐一餐在饭桌上上下,竟从来没动手开合过它一次。依稀记得老婆有抱怨过:吃完你就不能顺手罩上它吗?

游兵用劲掰,使劲拽,菜罩子都被扯得变形了。母亲小心说,别把伞骨掰断了。

那时,老婆没有声音地从卫生间出来,一把夺过游兵手里的菜罩子,只听得咔嗒两声,菜罩子就紧紧收好了,再一揪,伞腾地张开了。老婆什么也没有说,啪地一按,收了菜罩子,就离开了厨房。

餐桌边剩下游家三人。游兵的父母看着游兵,他们羞惭局促的目光令游兵难受。游兵说,没事,家里的事,她比我懂……

母亲说,你也该学会体贴人了,家里的事互相帮忙做……

父亲说,是啊,孩子一个星期才回来一次,家里也没什么事,不要总累着她忙里忙外……

父母的声量很高,游兵知道,这些话是说给他老婆听的。

父母从来没有来过这里。这次要不是游兵坚持,母亲是不会过来治疗结肠息肉的。一说要在儿子媳妇家住四十天,他们就畏缩了。游兵打听到说这个针灸专家非常有名,说国内外都有病人慕名而来。他还说,支玲也说来试试嘛,不试怎么知道。父母在电话那边听了,在揣测"不试怎么知道"一句是儿子加上去的意思,还是媳妇支玲的原话。如果前后句都是支玲说的,那么,媳妇看来是有些真心的邀请;如果后半句是儿子加的,那就说明,媳妇可能只是客气敷衍的话。

他们惴惴不安,担心给儿子媳妇添麻烦,担心自己不受欢迎。

现在,也就是父母来的第三天,这一大早的,母亲又把菜罩子用坏了。支玲还没起床。游兵上洗手间,就被母亲悄悄叫住了,母亲表情很局促:我们真是老了,又弄不好了……

父亲低声呵斥,是你弄坏的!不是我们……

游兵说,没关系没关系。你们到小区下面走走吧,早晨空气好。

可是,直到老婆睡眼惺忪地起床,游兵还在餐桌上摆弄菜罩子。一头细汗,加一嘴没刷牙的口臭,还有说不清道不明的闷火。他觉得这个菜罩子的设计有问题。

支玲在马桶上哗啦哗啦地大声说,你告诉马老师、游老师,菜罩子再这么乱整,修好也白搭!

游兵皱起眉头。

支玲说,伞骨总弄歪,四边不平整了,蟑螂随便都爬进去了,还有什么作用?

游兵想把菜罩子摔地上,大不了再买一个!可是,他不能。他知道,至少父母在这儿的这一个月,他要小心翼翼地看老婆的脸色行事了。

二

可乐鸡块。原料:鸡腿四只。配料:生姜两片,酱油、盐、柠檬片少许,可乐若干。

做法:鸡腿切块,用姜片炝锅,后下鸡块、酱油、可乐及少许盐,调好味。大火烧开可乐后改小火焖,待鸡腿酥烂后即可装盘。

备注:这道菜香甜适口,没有勾芡却有黏腻的浓汁,即便没有调料的鸡肉部分也在浓稠汤汁的浸润下有滋有味,很适合小朋友吃。

中午快下班的时候,游兵问大家,少许是多少?

办公室老蔡说,就是一点点嘛。

张姐说,不是一点点,是刚好……差不多……按比例,有一点点的意思,但肯定不是一点点啦。

司机小严说,我看到电视上说"少许"的时候,厨师都是用碗大的铁勺子舀一勺子边那么多。那才叫少许。

游兵说,那么,酱油的少许,具体是多少?

办公室里至少有两个人同时回答:

一调羹。

两汤匙吧!

还有一个慢一点的声音说,颜色变黑就够了。

游兵就闭了嘴。一方面,他看得出大家想下班了,一方面,他感到问也是白问,他并没有比发问前明白得更多一点。而且,即使酱油的少许弄明白,盐(这个还好理解)和柠檬片少许,也都是令人疑惑的问题。少许到底是多少呢?

在收拾办公桌的张姐说,你家里不是有个能干的老婆?是不是父母来了,想亲自露一手?

游兵说,小丫头晚上回来,固定要吃可乐鸡块。老婆最近旅行团多,没空回来,给我写了菜谱。

对呀,她就是大厨呀,"少许"你问她不就简单啦!

张姐出门的时候,和奔进来的老蔡撞个满怀,老蔡都没空和她说道歉。老蔡说,游主任!杨副总的江西老婆来了!还带了一个孩子,在外面哭闹!

游兵一时不明白,张姐说,那带去找杨副总啊!

老蔡不知所措地摇头,似乎要和游兵单独谈。这个游兵懂了,示意张姐先走。张姐知趣,一笑,走了。

老蔡这才说,你不知道,接待台说,昨天傍晚那母子就下了火车,突然来的,直接到了公司,进了杨副办公室,好像吵架了,杨副就把母子俩带走了。刚才母子俩又来了,说,杨副昨晚把他们带下楼,转了两个街角就跑掉了。他们母子找了半夜,最后只好在火车站一个小旅馆住下。现在,那女人在骂杨副是陈世美。我怕影响不好,把她领进接待室了。你看怎么办?

杨副呢?

早上根本没见人。业务处说,几个文件都没法签,龙总要后天回来。怎么办?

游兵打杨副手机,通了,没想到杨副焦躁万分,说,妈的,突然就来!搞突然袭击,不管她!你就说我出差了,要一个月!替我给她三百块,让她赶紧回去!回老家!下午就走!

你昨天怎么中途丢了他们呢?

她非要去我住的地方,这么突然!你说,甄娜往哪里躲?

孩子会不会……

顾不上了!只能让她走。你快替我打发了!越快越好!

接待室墨绿色的地毯上,东一只西一只,是孩子的脏拖鞋,再里面,扔着一个陈旧的牛仔包,也许是当年杨副上大学用的便宜时髦货,现在看起来,又旧又脏,还有点笨拙可笑。孩子大约六七岁,正光着脏脚丫子单脚跳,他对这么干净的地毯产生了兴趣,可是,他的脸上还有眼泪和鼻涕的痕迹。而他的母亲站在窗前,恨恨地哭泣。女人黑且矮胖,看上去很结实,染着猩红色的头发,却干巴巴、乱糟糟的,好像刚刚和人扯了一场架。因为哭泣,女人的胖脸更加肿大,看上去的确不好看。

老蔡说,这是我们游主任。

女人说,叫良山来!我是他老婆啊!这是他儿子,他亲儿子啊!

游兵说,嫂子,杨总临时出差了,唔……要一个多月。下次你来,先打个电话……

女人呜呜地又哭骂起来,骗人!骗人!他的心怎么这么狠啊,他是陈世美!

光脚丫的男孩子安静了很久,轻声说,爸爸叫杨良山,不叫陈世美……

红头发的女人一巴掌打在小家伙脸上,孩子顿时满眼是泪,忽然嘴一咧,哇地大哭起来。女人索性扑上去扭打孩子,孩子钻进圆桌下号,女人把椅子放倒,往桌下捅。

老蔡把女人拉了起来。

游兵和杨副总的妻子恳谈了一个中午。其间,他让人给他们母子买来两盒肉丝炒面,小男孩因为狼吞虎咽,动作过快,一不小心把饭盒打翻,油汪汪的面,毁掉了公司新铺的墨绿地毯。母亲挥起筷子,像打击扬琴一样,准确暴击了已经吓哭的小家伙的手指头,弄得接待室又是哭声号声一阵。

终于,杨副的妻子接过游兵递上的三百元,提起牛仔包,让孩子穿上拖鞋,跟老蔡叫来的一个临时工司机走了。去火车站。

三

游兵父母都熟悉支玲。支玲原来一直叫游兵父亲叫游老师。游老师就是游兵和支玲的高中数学老师,当时支玲很怕他。支玲数学不好,家里很穷,哥哥还被判过刑,所以,游老师夫妇坚决反对儿子和支玲恋爱。支玲狂追游兵,遭到了游老师夫妇"以学业为重"的严厉批评和阻击。后来游兵考上大学,支玲不过成了亲戚餐馆的打杂小内务。游兵母亲说,我们没有门第观念,可是我们游兵就是再不济,也是仪表出众,至少要找个看得过去的吧。言下之意,自然是指支玲相貌也差。支玲是比较黑,单眼皮的眼睛,还有两只薄薄的大招风耳。

但游兵坚决要娶支玲。

游老师夫妇没办法,谈判僵持了几轮,父母才妥协。只当鲜花娶了牛粪,最终还是给了儿子媳妇白头偕老的祝福。小两口儿远离家乡,到了特区自己打拼事业生活,什么都不要游老师夫妇关照,结果一家三口倒也生机勃勃。一年见个一面两面,大家都变得格外热情客气。游老师夫妇对支玲越来越好,越来越殷勤。每次回家,洗碗扫地什么活儿都不让支玲碰,支玲也会淡淡地说,我来,我来啦。母亲几乎要勃然大怒,简直要打一架,就是不让支玲干。有时游兵看不过去,说,妈,我们家都是支玲做,她快得很。母亲就说,难得回来,回来就让她休息休息!走走走,你们去看电视!

一年一年下来,游兵感到,父母在支玲面前也越来越小心翼翼,简直连自尊都受到影响。母亲的大肠息肉很严重,一度被误认为是大肠癌,确诊不是后,家人都为母亲失而复得而高兴。打听到游兵这里有个祖传中医世家,针灸消退大肠息肉有奇效,所以,游兵和妹妹都极力动员母亲来治疗三四个疗程。游兵支玲虽然只有两房两厅,但孩子寄宿,周末才回来一次,所以,多两个老人还是挺方便的。可是父母都很退缩。直到游兵说,支玲也说来试试,他们才松了口。

父母真的被劝来了,而且要住一个多月,游兵心里也不是很踏实轻松。过去的日子里,支玲经常在背后嘲笑鲜花与牛粪的婚事,自嘲是早恋典型,在背后从来不叫爸爸妈妈或你爸你妈,而是伤痛性地叫游老师马老师(游兵母亲曾是幼师)。当时母亲被误判为大肠癌时,游兵赶了回去。支玲因为在"客家红菇鸡"当后锅大厨,忙而没有请假。

后来确诊是息肉,母亲精神状况立刻好起来。只是依然吃什么拉什么,或者便秘、出血,人很干瘦,体质渐差。游兵打听到有那么个神医,就想要父母来治。支玲不以为然。因为针灸是隔天进行的,一个疗程要十天,自然要常住一阵。游兵问支玲,他们来了,睡嘉怡房间,周末嘉怡回来,跟你睡,我睡客厅好不好?支玲说,嘉怡不喜欢别人睡她的床。游兵说,自己的爷爷奶奶又不是外人。支玲说,一个多月可不是短时间,她会干吗?反正这事我不管。

支玲不管这事,这事久了就拖了下来。反正父母那边也一直退缩,有时电话里游兵说,你们来吧。他就知道,父母必定说,再说吧,我们先吃中药调理吧。

直到前一阵子,支玲弟弟要买房,向他们借走了三万元。支玲管家,她是先斩后奏把钱汇出了再告诉游兵的。游兵很生气,说,去年你哥孩子上大学借一万,你妈妈装修借一万,可都没有还哪!我妈住院我们才给了三千!

支玲说,我也不高兴借,但他们也实在没办法。再说,有借有还,你急什么?那五万块永远是我们的。马老师那三千是我们的心意,不用还的。

三万可不是三千,你至少要跟我说一声对不对?

我知道你不是小气鬼,说不说你都不会反对。就像你妈要来治病,我从来也不反对。

那我叫我父母来?

她真相信那个"神医",就来试试嘛。

支玲在这样的情况下,说出了这句话。游兵就把这句话当关键词,一上班就打电话回家,催促父母来治疗。

四

游兵给老婆支玲打电话,说,你晚上真的要很迟回来吗?支玲说,不是说好了吗?别忘了,嘉怡回来,一定要吃可乐鸡块的!鸡块在冷冻层盒子里,四个鸡腿。拿出来再冲一下,是洗干净的。游兵说,知道了知道了,顺便问一下,少许——是多少?

支玲说,问马老师去!

我妈根本没做过什么可乐鸡块。

那游老师总知道"少许"吧?

游兵挂了电话。

下午下班前,他上新浪网搜了搜,输入的文字是"少许是多少",结果涌出了21万条搜索结果。连续翻了几页,好像所有的人都在问"少许是多少"。好像绝大部分的人都不知道,大家都把握不住。因此,批评"少许"这两个字含义模糊的声音很多,可是,毕竟有个别聪明人,他们镇定又明晰的回答,让游兵很意外,他赶紧把它们都复制下来:

3至4钱。

我的经验是一勺。

一撮——食指中指拇指合作一撮。

指甲盖大小的调味勺,平勺,四下。

筷子一拨拉。

模糊回答有:

少许的意思是,先少放一点,不够再加,再不够,再微微加。

味道偏淡一点就可以了。

比你预想的减掉一半即可。

…………

看到最后,游兵发现依然不能完全理解"少许"的意境,便闷闷地下网回了家,他也没有来得及实践可乐鸡块的诸多少许,老蔡的电话就来了,说,快回来!那个女人和孩子又到单位来啦!根本没走!

不是给了钱,送到火车站了吗?

小李又没有押他们上火车。哪里知道她不甘心又杀回来了。杨副让我找你,他说他真的已经在出差途中了!

我刚到家,我要做可乐鸡块呢。

哎呀,你"少许"都搞不清是多少,还做什么做呀,我担心出人命哪!你想想,我们公司二十三层高,随便哪个窗口跳下去,人都烂了——谁负责?!杨副指定找你呢。

游兵把支玲的菜谱交给母亲,只好又往公司赶。

游兵后来知道,母亲倒是把可乐鸡块做出来了,但嘉怡一尝就哇哇尖叫,难吃死啦,奶奶,你做成咸鸡块了呀!从小没在爷爷奶奶身边待过的孩子,感情上本来就比较生分。孩子一叫唤,爷爷奶奶就很局促,马上发誓明天重做,可是,这个初中小女生还是马上打电话给妈妈,要求支玲亲自补做。

结论:菜谱是正确的,但"少许"是很难掌握的,即使万一掌握正确了,母亲和老婆的"少许",显然还是有区别的,因此,效果是不一样的,这样又推翻了之前掌握的正确性。

五

杨副的妻子带着那个老被她揍的小男孩,又进驻了游兵他们公司的小接待室,就是有墨绿色新地毯的那间。踏进去,依然闻得到肉丝炒面的味道。游兵这才想,这个新地毯算是毁了,让杨副再批再买吧。

游兵和杨副的妻子重新开始对话,直到大厦外夜色辉煌。

小男孩不再对地毯感兴趣,吃了手里的几块蛋黄派,就伏在桌子上睡着了。杨副妻子很亢奋,话很多,但内容十分重复,反复就那几点意思:一、我还给他输过血,没有我,他别想像今天这样出人头地;二、我就是不相信陈世美出差了,所以我回来了;三、绝不离婚,我要拖死他!四、我死也要等到他回公司。

游兵口干舌燥之余,打量小接待室那个铝合金拉窗。他想如果外面有个碰窗(窗子护栏)拦拦就好了,就是说,她想跳也跳不出去。但是,谁会在二十三层装碰窗呢?谁也不会。为什么就没有人在设计的时候,要考虑选择"少许"几扇窗子,设有保护网,防止有一天有人可能会利用这个设计失误而自杀呢?那么,这个"少许"是多少呢?至少应该是这样,哪个窗子出现有人自杀的企图,那个窗子就必须设有护栏。比如现在,他们公司这个小接待室的窗子。

游兵胡乱想着,踱到窗边往下探看。遥遥的下面,灯光稀疏,那是一个酒家的露天大阳台,散放有六张小的石桌石椅,四周隐约是盆景植物。他想,如果女人真要跳下去,可能不会砸中石桌,她没那么准。但是,阳台的地面是花岗岩,也异常坚硬,就算扣掉两层,二十一层下去,重力加速度的脑瓜和这样的地面接触,可能会当场爆掉的。孩子呢,这个女人傻乎乎、直愣愣的,会不会连孩子也推下去?

游兵决定让女人出来。他不可能一个晚上守着她,所以,她必须远离有窗子的地方。

我哪里都不去!杨副妻子断然地说,你赶也没有用。我不上火车,就是打定主意要等他回来!

我跟你说实在的,杨副真的是出差了。骗你我从这里跳下去!

游兵说完这话,后悔得咬舌头,因此恍惚中没有听清女人反击他什么,好像是抱怨他狼狈为奸之类。游兵说,公司是有统一管理的,办公室晚上都要清场熄灯。女人说,屁呀,我老公是不是这里的领导?

是呀。

那我是不是他的老婆？

当然是。

那你给我出去！

游兵和老蔡互看一眼。

你们都出去！女人说。

游兵突然跨过一步，就抱起那个睡着的小男孩，直奔门外。他指望女人追出来，老蔡就可以趁机关门锁门。没想到那女人扑上来就给他一大嘴巴，她并不抢孩子。游兵迟疑了一下，还是奔向门外过道，女人像红毛母狼一样跃起，死死揪住了他的后领子，游兵顿时被她勒得呛咳，但还是死奔向门外。老蔡立刻提着破旧的牛仔大包扑出门，并嘭地关门。女人扭头一看，怒火全部转向游兵。她张牙舞爪，指甲乱飞。游兵左抵右挡，脖子上顿时火辣辣的，眼镜也掉地上了。游兵放下那个迷迷糊糊的小男孩，猛力推开女人，想拼命抢回眼镜。女人又扑上来，一口咬住游兵的胳膊，游兵呀呀地叫，抓着女人的红头发使劲扯。老蔡帮忙拉。孩子做了噩梦似的惊叫连连，整个过道一片混乱。

女人终于被拽倒在地，游兵的胳膊出血了，眼镜也不知被谁踩坏了，镜片碎了，镜框歪了。女人号啕大哭。

六

大肠息肉导致了游兵母亲腹痛、腹泻，还有便秘和便血。没想到这些问题导致了游兵支玲家洗手间的紧张。周末这一天，有了嘉怡这个喜欢在马桶上看漫画的女生，卫生间紧张情况大大加剧了。

虽说已经开始针灸了，还开了许多中草药每日配合煎服，但效果还没有出来。所以，母亲一天还是要上很多次厕所，有时是因为便秘，占用卫生间时间久;有时是因为腹泻,占用卫生间次数多。支玲不说什么,她什么也不说,厕所有人,她就退回客厅等。那天母亲出来她进去,小声说了一句,天哪,一卷筒纸才几天啊,怎么就用完了?

游兵父母次日针灸回来,就微笑地带了一提卫生纸回来。十筒装的。游兵没有注意到,后来听到妻子对母亲说,我们家的卫生纸都是买百分百的原生木浆纸,一提二十三块,贵是贵一点,可是干净,像这种十多块一提的再生纸,嘉怡根本不爱用。你们就不要浪费钱乱买了。

游兵听到母亲说,哦哦,我不知道。这个也要十四块呢,不要紧不要紧,嘉怡不用,我和老头子用,反正我身体不好,用得也多……

周末的早上,游兵起来迟了,去卫生间的时候,发现母亲在那里,似乎内急。游兵说,嘉怡,快点,奶奶肠子不好。

嘉怡在里面闷声说,快啦。

又等了六七分钟,母亲脸色变白了,父亲也转了过来,似乎要上厕所,一看有人,他又掉头了。游兵感到自己便意更沉重了,他的生物钟很准,平时这个时间,在单位就是蹲大号的时间。游兵大吼一声,嘉怡!快点!

嘉怡不吭气,外面人仔细听,居然听到翻书的声音。游兵愤怒地擂了门,别看了!出来!

孩子说,讨厌!这个破家,上个厕所都没自由!

终于听到马桶放水的声音。游兵小松一口气,对母亲说,快去。母亲的眼睛张望着,似乎还想叫父亲先去,也许她知道自己比较慢,但身子已经艰难地转向了卫生间。

游兵盯着卫生间的门,依然谨慎地提着气。肚子里已经浊气乱窜,七拱八翘,闸口就要垮了。他使劲憋着。这时候,他想起看过的一则新闻,说是有个坐长途汽车的乘客,车行途中,忽然要紧急出恭。千呼万唤司机停车方便,司机称没有方便点而疾驰不息。该乘客一忍再忍,终于忍无可忍,竟然攀爬到车顶上图方便。结果,那名乘客摔下车死了。

现在,游兵想着这条新闻,格外理解那个人。他猜测,那人死之前,到底把那泡要命的大便排掉没有?一泡大便不能决定他的生活质量,却无疑确定了那名乘客的死亡质量。如果那人还没有排出就摔下汽车,死得就实在太委屈了,反之,如果排掉,哪怕是排了……少许……那么,那人临终前的快感,恐怕是一般临终者不可比拟的。

支玲出来了。大厨师支玲昨晚十一点才到家,说是有客人投诉吃到小蟑螂,惹来卫生监督局官员。所以早上支玲比平时更迟起来,一起来,她就往厕所奔。她看到游兵站在厨房和卫生间之间,也看到平时不关的卫生间门关上了,但是,她还是直通通过去就推门,游兵不及阻拦,卫生间的门嘭地发出很有威力的闷响,好像每个框边都在抖。可能是她用脚尖撞的。母亲在里面慌慌地说,好了好了!我好了。

母亲看到游兵,似乎很惭愧。但什么也没有说,没洗手就去客厅了。游兵也说不出什么话,他咬紧牙关,全神贯注卫生间里面的一丝进展声息。他觉得支玲在里面太久了,而且正常的声息之外,不正常的安静太久了,什么动静都没有。游兵屏声静气,还是绝望地捕捉不到任何声音,他冷汗都憋出来了,怒吼一声,快点!我不行了!

里面的声音说,催我,就会催我,你怎不催别人呀,我便秘!

游兵掐死人的念头都有了。

七

司机小严在念他刚收到的手机段子:王科长和局长同进一电梯,局长放了一个臭屁。局长对王科长说,你放屁!王科长说,我没有哇!次日,王科长被免职。王科长叫冤,找局长申诉。局长说,你连一个屁大的事都扛不住,你还能干什么?!

材料员小锦哈哈笑,说,我那天也收到过。太逗了。真是屁大点事啊!

张姐说,如果是老蔡,保证认下来。老蔡最会保护领导了。

老蔡说,我为什么要认?说不定旁边有美女呢!

有美女,你就更要替领导认了!张姐说,你不认,那你的副主任就被撤啦!不就是一个屁吗?老蔡,又不是让你替领导砍头。

小严和小锦都说,是啊是啊!

游兵进来了,配了个金边新眼镜,怪怪的。大家就对游兵嘻嘻哈哈地说这个段子,并要他通过测试,小锦还说,电梯里面没有人,就你和领导两个人。

游兵说,肯定有人了,否则领导干吗推卸责任。

大家说,对了,电梯里有美女,有更大的领导,有小报记者等。现在你说吧,你放没放那个臭屁?

游兵说,要是知道后果,我肯定会扛下这个臭屁。但是,关键是,当时我可能反应不过来呀……老蔡,你可能可以应付得好。

老蔡说,我也反应不过来,但就算我明白后果严重,让我全面认下,恐怕也……有点……难。不过,领导既然那样说了,我想我可以含蓄地笑一下,不否认也不承认,笑笑而已,领导吧,可能认为我承认了,而电梯里的美女或其他人,则不一定认为我是在承认,说不定有人感觉我是肚量大,和领导不一般见识。反正吧,仁者见仁,智者见智这效果就对了。

喂!游兵,张姐说,现在,你知道"少许"的境界了吗?可乐鸡块你会做了吗?

游兵说,噢,我基本不明白。

下午上班不久,龙总的秘书给游兵打电话,让他马上到龙总办公室去。听口气,好像有什么事欲说还休。游兵不知怎么的,心里有点不安。龙总是从集团总部才调来不久的人,听说杨副和他还没合辙。

龙总的办公室在走廊的尽头,一个什么招牌也没挂的豪华房间。铺的也是暗绿色的新地毯,这也是游兵和那个小接待室一起换的。游兵进去的时候,龙总没有抬头,一张报纸在他桌上。游兵走近龙总大桌子,龙总突然把报纸拍在他面前:

自己看!

报纸上,杨副的妻子对着镜头示意她被抓伤还是被打伤的胳膊。猩红色的乱发和手臂上的红药水都挺震撼人,孩子无辜地睁大眼睛。标题是:陈世美老公抛妻弃子,丈夫公司对寻夫女拳打脚踢。

游兵的头嗡地一下大了。

就在我们公司过道上拍的!游主任!

记者没有采访我们啊!

到底怎么回事?

她突然就来了,杨副出差。可能他们夫妻有了问题,唔,那个女的带着孩子在这里哭闹。杨副让我们给她几百块钱,让她回家。都送到火车站了,她又悄悄回来了。坚决赖在公司。我们公司二十几层高,又没办法一直看守她,怕她万一想不开,那不是要出人命?所以,我们要她离开有窗户的接待室。她不干,拉扯是有的,但怎么可能对她拳打脚踢呢?

为什么不报警?!

报了,警察就是不来。拖到晚上十点多,我和老蔡实在没办法,只好把她拖引到过道里了。直到昨天下午,老蔡通过熟人关系找到警察,而且说,我们外商多,过道里住人影响不好。他们这才出警,把她请走了。

这期间给杨副打电话了吗?

打了,手机不通。

我的呢,你们就不会给我来个电话吗?大家讨论一下不行吗?!

游兵支支吾吾,以为……小事……

小事?小事都处理到报纸上了!小事!我告诉你,公司有陈世美,我未必管得着,可是公司"两名负责人"对被丈夫抛弃的妻子孩子"拳打脚踢""轰赶出门""毫无人性",我不管也得管。这事关公司的社会评价。我已经接到了十几个电话,其中有市分管领导,问的都是这件事!我也了解了,报纸是同步上网的,就是说,我们这个"毫无人性"的公司要全国闻名了!小事?!

游兵把胳膊上的咬痕和脖子上的指甲抓痕给龙总看。

不要给我看!龙总说,两个男人对付一个女人,还有脸给我看这个!

我们真没打她啊!

跟记者说去!跟我说没用!马上写个检讨来!

八

兴元堂在离游兵家一个小时公交车程的地方。第一次游兵让司机小严送父母过去,他自己也陪父母去了头两次,之后都是游老师带马老师自己坐117路公交车去针灸。隔天一次,针灸约半小时。老人通常很早出门,十一点前,或者下午4点前赶回来,还会带点青菜豆腐什么的,回来做个饭。

马老师躺在白单子铺的针灸床上的时候,游老师就在旁边听小收音机或者看报纸。专家倒是亲自动手针灸,收针才让助理干。专家说,马老师是个感应度比较高的人,估计两个疗程会见效。每次马老师的头部、腹部到腿部要扎二十多根不同粗细的针。进针之后有针灸灯烤照着,烤着照着,一会儿后,马老师被扎穴位的那些银针旁边会有红晕一团。专家说,这就是感应度高的表现。如果感应度比较低,灸了五六个疗程还不一定见效呢。所以,马老师游老师都很高兴,对两个疗程后的效果很有期盼。

浑身是针的马老师躺着说,兴元堂下面那个果蔬超市有榴梿,回去记住给游兵买一个。

游老师说,你爱吃,我不爱吃。太臭了!

说什么话,轮不到你爱不爱吃。我是给儿子买。他最喜欢吃那个了。记得吧,以前你们童校长去马来西亚回来,给我们带的三角形的榴梿糖,就他爱吃。最后一颗还天天闻着放口袋里舍不得吃。

好好,买就是了。

多买一点,放冰箱,嘉怡可能也爱吃。

好啦,买多一点。

儿子最近脸色不好看。你觉得呢?

哎呀,你让我把报纸看完好不好?医生不是说,针灸不要说话效果才好吗?

我怕他们两个是不是因为我们吵架了。他那脖子上手臂上的伤痕,肯定是女人抓的、咬的,看得我的心……

儿子不是说,是单位里的人的老婆耍赖吗?

骗人!马老师说,这么幼稚的假话你也相信啊。他们是那么正规的大公司,都是高素质的人,怎么可能?我看是支玲弄的!她背地里发脾气了。你呀,不是我说你,人家那么贵的电水壶,你一下就把它烧坏了,三四百块的东西,你怎么不小心点呢。

怎么说是我烧坏了?只是刚好碰到我烧水罢了。我要修,他家没有那种螺丝刀,那个工字形的螺丝拆不开我有什么办法?去外面修,他们自己又找不到发票。哎呀,年轻人和老人住在一起,就是不习惯。你看,你煮的菜那么咸,支玲都说你几次了,你改了没有?

我现在放很少的盐了。再说,游兵从来没有说我的菜咸。你老是上了厕所忘记冲水,还不洗手,她是怎么提醒你的?

好了好了,不是你,求我来这里住我都不来。我自己家……

也不是我想来的——

好了好了,让我看完报纸。咦!——这是游兵的公司嘛!哎,哎!我的天……

说嘛!人家躺着不是!

还说你儿子骗你,都见报了!他就是被单位一个领导的老婆打啦,不不,他也推打了别人——啊?!打一个女人?还写检讨认错了?他们公司很重视,约记者采访了,表示要严肃处理——啊,我的天——决定撤掉当事主任游某的主任一职?——留职察看?

马老师霍地坐了起来,护士小声尖叫着,把浑身是针的老太太摁躺回去。

乱七八糟!胡说八道!不可能的事!马老师气坏了。

老人回家的时候,真的买了个很大的榴梿。榴梿像一个长歪的巨型花生,表皮布满瓜子大小的刺。

游兵快八点才进门。进门也不说话,脸色看上去还正常。两个老人互相看看,便小声招呼他吃饭。游兵说吃过了,就进了卧室。老人在厨房悄声商量,要不要安慰儿子一下。母亲说可能连饭都没吃呢。她说她去问问儿子,是不是来一小碗面?游老师想了想,还是决定自己先和儿子谈谈工作问题。他说,在报纸上看到自己被单位撤职,心情肯定糟糕透了。吃不吃也没心情了。哪里有什么胃口?所以,游老师说,我有必要先进去谈谈。

儿子躺在床上,也没有开灯,只有客厅的灯斜了些光进去,使老人看清儿子和衣躺着的身影。游老师为他开了灯,儿子说,我想休息一下。父亲迟疑着,便说,你妈给你买了榴梿,她记得你爱吃如命。你吃吗?

儿子说,好。等下吃。

父亲看游兵皱着眉头,只好转身出去,但好像还是想说点什么,于是他说,嘉怡应该也爱吃吧?

儿子说,唔。

父亲说,你妈想给你煮点面,饭已经凉了。其实,我们也没吃,在等你……

你们吃吧。

你……有什么不舒服吗?

儿子说,没有。累了,想休息会儿。出去把我的灯关了。

九

老人就在厨房小心翼翼地剖榴梿,不时互相交换担忧的眼神。马老师说,他知道我们没吃饭,也不着急哦?马老师又说,以前他不是这样的。他是个心细的人呢。对不对?

游老师说,对。《新闻联播》都结束了,快八点了哦。

他们并不是剖榴梿的熟手,只是买的时候,马老师虚心地请教了售货员。剥开"刺身"外壳,榴梿里面是奶黄色细腻的膏状物,有点像脑容物。

实际上是刚扒开条缝,游老师就快窒息了。这个臭味不是锋利刺鼻的那种,而是轰然灭顶,磅礴而密致,胶汁一般,扑上来巴着你令你无处可逃,也有点像正在吞噬人的沼泽,越挣扎越淹没你。游老师被熏得大脑缺氧。马老师多少还是能接受这个气味,所以,她的表情要轻松活泼一点。

他知道报纸上登他的事吗?马老师勾着脖子压低嗓子。

父亲点头。

我担心他憋出病来。母亲怯怯的声音沙沙的,让人耳朵发痒。你跟他再谈谈吧,也许谈了心里就好受了……

没用。父亲也窃窃私语地对准母亲的耳朵说,我看他可能只想和媳妇谈。我们毕竟老了,又是客人……我们就当不知道这事算了……

我绝不相信我儿子会打人!

嘘——父亲说,小点声!唉,我实在是被熏得头昏眼花,太臭了!我去阳台透个气。

这时,门铃响了,支玲回来了。

支玲一进门就尖叫起来,天哪!原来是我家!我在楼道里就要吐了!天哪!你们游家人怎么喜欢吃这种臭东西啊!!

支玲扔下包,鼻子皱成花卷。父亲说,这榴梿啊,书上说是水果之王呢。说闻着臭,吃着香。游兵爱吃得很。你要不来一份?

支玲又一声尖叫,拿开!就是长命仙丹我也不吃!恶臭!太恶心了!简直就是个恶性肿瘤,嘉怡叫它"坏人的脑子"!这哪里是人吃的!我的天,哎,别放冰箱!拿出来!拿出来!我的冰箱全搞臭啦!

马老师哈哈大笑,笑声有点干,说,你不知道啊,游兵小时候,别人出国带榴梿糖回来,他爱吃得要命。母亲亲昵地走近媳妇,声音很轻,甚至很随意,好像她们两个关系非常铁,快去安慰他一下,好像单位有什么麻烦事了,顺便把他爱吃的这个带进去……

媳妇并不欣赏婆婆的亲昵,本能地避了避,但又被婆婆的叙述吸引,所以偏着脸,竖着两只薄薄的大招风耳朵注意听,可一听送榴梿,立刻哇哇大叫起来,不行!还想把我卧室搞臭啊!还让不让人睡觉啊!我的天!简直是疯了!——游兵,要吃你滚出来!

灰暗的卧室没有回音。

婆婆手里是一小玻璃碟奶黄色的榴梿果。婆婆说,他肯定没吃饭,还是你劝他出来吃点这个,开开胃……

我也没吃饭啊!媳妇说,哎呀,我说,你们以后能不能在外面吃这种东西?!我简直要吐了!

游老师给马老师使眼色,示意她赶紧把那碟东西拿开。可是马老师不懂,马老师追着媳妇讨好地说,你不知道他小时候那个馋劲,过去我们那里又没有这种东西卖,我看还是……

哎呀,不要再说啦!我告诉你,早知道你们要吃这个,我就在店里随便吃点了。我根本不爱回来!

婆婆笑嘻嘻的,我们还说呢,不是一家人不进一家门,真不知道你不吃它……

好啦好啦!不要再说啦!反正我们家从来就没买过这个!将来也不会买!

支玲皱着鼻子,猛力打开了家里所有的窗子,由于用力夸张,家里各房间顿时暴响起一阵仿佛狂风袭来的响声。回到客厅,支玲对着大窗外深深吸了口气,又深深地吸了几口,回过头,表情就很决绝,你们把这个恶心的东西,拿到小区石椅上吃!吃光了再回来。

可能实在是被臭晕了,她又决绝地说了一句,我家!永远永远都不会买这个!

游兵站在卧室门口,没戴眼镜,一张脸因此微微变形。他什么也没有说,什么人也没有看,甚至谁也没有注意到他,母亲手上的一碟榴梿就被他打到了地上。所有的眼睛都看着小玻璃碟子在大理石地面上当嘭一声，碎裂而起。看着奶黄色的榴梿膏子完整无缺地跳离破碎的碟子，软在茶几脚边。

游兵依然什么人也没有看，他似乎在琢磨地上那团东西是不是榴梿，似乎在反省自己的行为。老人互相挨着，屏息敛声，媳妇似乎也反应不过来。这时，所有人都看清了游兵最新的动作，他一脚踩在了那团脱逃的榴梿膏子上，猛地踏上，踩扁，脚心还狠狠地来回拧磨着，好像要把它踩没了。

臭气轰然。游兵开门而去。

马老师和游老师互相看着，游老师看马老师眼睛里泛起一层晶亮的光泽。他把妻子牵进了他们自己的房间。

支玲说，神经病！

十

老人并没有和儿子媳妇商量，就把火车票给买了。游兵和支玲都努力挽留他们。但是，他们说，针灸的效果不是很明显，专家正好也要出国访问。所以已经和专家说了，下次再来做完整的疗程。

怎么也留不住父母。

到火车站送行的时候，母亲抚摸着游兵的手，忽然掉了大颗眼泪。游兵吞了下口水，说，妈妈，对不起。

母亲摇头，说，我不是嫌你这里。我和你爸说好了，以后身体好了，你的房子大了，我们来住久一点。陪你。

父亲说，我有一点不明白，你为什么要打别人的老婆呢？

游兵愣了一下说，我没有，根本不可能的事。

那你为什么写检讨呢？

处理的分寸……掌握不好吧,领导之间的关系很微妙……

可打不打人,这个分寸很简单啊。

其实,很多事情,真的很难掌握。反正我没打人。

她头上、手上都青了呀。我和你妈都看了报纸。

我怎么知道,那女人一碰就发青?

父母都没有说话。

候车队伍站起来了,开始检票了。

老的人,黑的狗

一

一只狗和一个扛着锄头的老太婆往村口走。橙色的朝霞,满天泻红。

身后的村庄还很安静,只有几户人家的烟囱在冒着白色的炊烟。雨后变黄变粗的小河水,像得了暴病似的,发着狠巴巴的响声。老人和狗走过小河石桥,就走到村口那一段高地上了。这一段路坏了,被那些乱挖高岭土的人挖得路面坍塌了一小半,路面变得很窄,前两天大雨,把路的一侧又淋塌了些土石,路面就更窄了。

狗停下来。老太婆说,我不怕。

老太婆小心地走了几步,她就听到拐弯的前面传来突突突的声音,老太婆就退了回来。不一会儿,那种拖拉机改装的当地人叫"土炮"的车,就从路前面的山脚突突突地拐出来,如果老太婆和狗不让,就会被"土炮"轰挤下这条路。

"土炮"开过去了,老太婆和狗又上了道。老太婆往西走,连续几天了,老太婆一早都带着狗往西走。村里的人以为老太婆是去挖笋,但没有人知道,老太婆之后就往东折去了,那边只有毛榉林,有老太婆死去六年的丈夫增啊的墓。那边没有一根毛竹,当然也就没有笋了。

老太婆快七十岁了,个子不到一米五,腰身干瘦,满脸皱得就像竹匾纹深深压过的格子,一只耳垂上贴着火柴硝止血纸;狗是黑色的,眼睛水晶一样水亮,目光温和。它一只腿是瘸的,尾巴也断了一截,左边的耳朵还被人剪开了小叉。这些都是它小时候带来的伤。它胸脯上的毛长而浓密,像个倒心形,显示了它和这村里的土狗不太一样。

老太婆走得慢,腰杆像折过的纸片,头颈往前伸。她把锄头换肩头的时候,黑狗就跑远一点,张开腿撒点尿,又急忙赶到老太婆身边。一大一小就那样慢慢走着,走了差不多三刻钟,折进了一个向阳的山坳坡地,矮小的杂木丛中,混杂着七八个坟包。清明已经过了,很多坟包像被剃了头,杂草除了,有新培的土,此外还有些没烧干净的黄色锡边的纸钱,被雨水打烂在地上。地上还插着一些熄灭的蜡烛头。

老太婆在一个平常的坟包前坐下,锄头放在一边。这个坟墓前面的墓碑比较矮壮,方顶,写着"陈荣增之墓"。这个坟包旁边还有一个新挖的小坑,一个衣箱大小。这是老太婆连日来挖掘的成果。老太婆挖坑的时候,黑狗就站在旁边,它听到老太婆的腰骨要粉碎似的嘎嘎响,前两天,老太婆边挖边抱怨岩石太多,它也觉得是这样。

早上的火烧朝霞和蔚蓝的天空都变了色,云灰了,天低矮下来。老太婆说,是不是,我说要下雨的。朝霞不出门,出门带蓑衣。哎,动起来动起来哦。老太婆不敢歇了,挣扎起来,黑狗到老太婆跟前,老太婆撑着黑狗的背,吃力地站了起来。挖了几锄头,老太婆觉得腰好像要断进坑中,她没有办法直起来了,她只好跪了下来。跪下来挖得不得力,老太婆叹了一口气说,有什么关系呢,浅就浅吧,是不是,没有关系的。

老太婆看了看更加灰暗的天,把一个陈旧的尼龙布袋打开。老太婆从里面拿出一件水红色的毛背心,一把透明的月牙形的牛角头梳,还有一个用挂历纸包的纸包,老太婆把它轻轻打开,里面是一张陈旧不堪的彩色照片,全家福,人头很小,镜头还偏了;还有一张像书皮一样的硬纸片,老黄色,仔细看,是一张小奖状。

老太婆把尼龙袋里的东西摊出来的时候,黑狗一样一样嗅了过去。

老太婆说,这个毛背心是大媳妇给我的;这个头梳是二媳妇送的;这是我们的家,那时候还没有你;这个是什么呢——是奖状!老大的。你不知道他小时候书读得有多好啊,老师们都喜欢他。

老太婆像黑狗那样,把每件东西用鼻子嗅了嗅,又用脸蹭了蹭,再一样一样小心地包起来,然后她拿出一个厚厚的尿素袋,把它们通通装进去。老太婆折来折去,包得非常紧实,最后,老太婆把尿素袋放进了坑里。黑狗马上跳了下去,要去咬袋子,老太婆喝了一声,喂以!黑狗在坑里看着老太婆,老太婆手一招,黑狗喂以跃出坑外。老太婆开始埋坑。雨开始下了,不大,迷迷蒙蒙的,老太婆似乎也不在乎。雨水把老太婆没有全白的头发打得满头细雾,全白了。黑狗喂以在使劲抖毛。老太婆跪在这个新堆的小坟包前,摸着狗说,这个就是我了。以后你想我们,就来这里坐坐,坐增啊和我中间。坐一下就可以了。你要自己养活自己了,不能光坐在这里,不然你会饿死的。

黑狗喂以的眼睛一眨不眨地看着老太婆。老太婆摸它的脸,它被迫闭了闭,马上又睁大了那双温存清澈的眼睛。它偏着头看着老太婆。

老太婆说,你什么都懂,可是你从来不生气。以后也不能生气哦。你也知道是我有错在先,对不对? 我们都不生气。

二

老太婆觉得自己是理亏的。四个月来,老太婆经常和喂以到增啊的坟上,絮絮叨叨的,自怨自艾,有一句没一句。所以,这事情增啊、喂以都知道,但是,老太婆还是非常难过,越来越难过。前几天,二媳妇撕扯掉了她的金耳钉,大媳妇奔过来,揪着她另一只耳朵的金耳钉,但不知道是不是不敢撕,她用力拧着,而另一边耳朵上的金耳钉——被二媳妇给生生撕下来了。出血了,耳垂却没怎么痛。老太婆吃惊地看到耳钉在二媳妇手上,茫然地抬手捂耳朵,手心里就有血迹了。大媳妇也松了手,老太婆有点急,把这边的耳钉也慌慌取了下来,把它放到大媳妇手上。大媳妇手缩了一下,愣愣地看婆婆交到自己手心的另一只碗形耳钉。二媳妇也在傻看撕下来的那一只。一时之间,婆媳三人没有人说话,老太婆感到腰骨要酸爆了,移到床沿坐下。喂以过来,前肢搭上床沿,又试探地搭在老太婆身上。可能闻到老太婆耳朵上的血腥味,喂以伸直身子,凑过去舔老太婆撕裂的耳垂。

两个媳妇同时一声大喝,喂以夹着半截尾巴,一瘸一瘸逃了出去。

老太婆和衣躺了下来。她想让两个媳妇出去,又不便说;又想自己为什么不早想到这两个值点钱的东西,真是老糊涂了,弄得要人家来讨;又想撕下来都出血了,怎么耳朵还不痛呢。乱七八糟地想着,忽然觉得撕裂的那只耳朵热热麻麻的,一扭头,喂以不知什么时候又在床前,探着脖子轻轻舔老太婆的伤口,冰凉潮湿的鼻尖,一下一下碰触着老太婆皱巴巴的脸颊。屋里空无一人。

老太婆的老泪,曲里拐弯地流了出来。

增啊,你害死我了。老太婆说。

喂以轻轻地舔着老太婆被撕裂的耳垂。

老太婆摸着黑狗说,增啊,你真是害死我了。

祸根就在七年前。

增啊,就是老太婆的丈夫陈荣增。在这个地方,叫人名一个字十分常见,也不是专事亲昵,是有那么一点乡里乡亲的亲切,但更多的是简洁随便的意思。胡啊,财啊,标啊,满村人这样叫来叫去,就是习惯而已。老太婆和丈夫陈荣增夫妻关系也是一般的,增啊个性强硬霸道,老太婆大儿子都比较怕他。增啊先是种蘑菇赚了些钱,看到日本工厂的打工妹打工仔经常过来问有没有房子可租,就赶紧借钱盖了三层粗坯房子,果然非常好租,很快把债还光。村里人这才醒悟过来纷纷筹钱建房子,学当房东。增啊赚得不少,先后给两个儿子盖了婚房,自己和老太婆仍然住旧房子,盘算着最后搞个好地,再起个大房子。不料有一天,租住的打工仔煤气使用不小心,一场大火烧光了增啊的三层楼房,万幸的是半夜里十几个打工者都逃了出来。增啊元气大伤,雪上加霜的是,新国道紧跟着就从他三楼的废墟上通过,增啊的补偿安置费就极其有限了。村里人都说,增啊亏大了。

陈荣增跟村里吵了几次,关于补偿款的事,后来就气偏瘫了。拖了半年多,在又一次补偿会议消息传来的半夜,增啊就气死了。但是,增啊在死之前的一个多月,告诉老太婆在屋角裂开的咸菜缸下,他放了一千五百块钱。他让老太婆自己好好藏着,不要随便拿出来,以备不时之需。

增啊死后,老太婆把钱悄悄取出来,看了摸了仔细数过了,又加封了几个旧塑料袋继续藏好。后来又转移过几个地方,总是提心吊胆、担惊受怕的,怕被儿子媳妇们发现。后来,也是经不住村信用社信贷员胡啊的介绍,就把一千五百元偷偷存了进去。胡啊很守信用,七年来没有泄露一点秘密,直到死去。胡啊死去,老太婆还有一点轻松,觉得村里再也没有人知道自己的秘密了。不料,她藏在床下破胶鞋里的存单,四个月前竟被喂以咬了出来。喂以喜欢捉老鼠。破胶鞋里有只破线袜子,里面还有塑料袋。想到这,老太婆就暗暗责怪自己。本来喂以是从来不动那个东西的,估计是她新近加了个装过虾米的塑料袋招的。虾米是二媳妇娘家人送二媳妇的,二媳妇包了一点过来。老太婆看那塑料袋质量好,舍不得丢,盘算着加上去更防潮。结果,喂以追老鼠的时候,可能闻到怪味,把它拼命咬了出来,衔到院子里。喂以是下了死力气的,要把层层包裹的家伙弄开,就这么巧,二媳妇和大媳妇正好过来送老太婆的生活费。一捡起地上粉色的存单,再看清是老太婆的名字。两人脸色都变了。两人对看一眼,转身就折回各自的新家,告诉自己丈夫去了。

这无人知道的七年的秘密,就这样彻底败露了。

三

老太婆就两个儿子。两个儿子相差三岁,像老太婆一样,矮矮的个子,眉清目秀。两个媳妇也生得端正,个子看上去都比自己的儿子高。当初增啊赚得多,多少女孩想嫁进来,增啊比较开明,没有嫌贫爱富,这两个基本上是儿子们自己看中的。感情应该是不错,小夫妻都会吵吵闹闹,增啊赚得好的时候是这样,增啊赚得不好时也是这样。两对小夫妻吵来闹去的也没有更大的事,后来再各自有了孩子,虽然经济条件不好,可是两个勤劳的媳妇把家都整得说得过去。总之,老太婆对自己的儿子媳妇都很满意。

增啊死了的这七年来,老太婆每天帮两家放个牛,煮煮饭,心情颇好。身体舒服的话,也会出去捡点牛粪,捞点猪草。捡了牛粪晒干一百斤卖28元,虽然难,但多少也是个收入啊。老太婆把零钱像牛粪一样,一点一点积攒起来。平时每个月,两个儿子媳妇都会给她送米送油,每月各个儿子家还分别给老太婆10块钱生活费,让老太婆买盐巴、味精等日用品。老太婆省点,隔两个月还能买一点猪肝或者一点五花肉吃。但老太婆一般舍不得吃肉,买了就要送孙子们吃;自己改善伙食的时候,煎两块抹盐豆腐就挺好了。她知道两个儿子的经济条件不宽裕,两个儿子媳妇除了种田,在绿色蔬菜基地拼死拼活地干,从早忙到天黑,每天也就是十多块钱。那活儿还不是天天有,人人抢着要,所以媳妇们还要巴结管工的人。

老太婆对自己的生活十分满意,但是儿子媳妇的负担比她重,长孙去年夏天考上大学,开学的前一天,学费还是筹措不齐,老大借遍本村,不够,媳妇就赶回娘家去筹,最后又赶到城里去求有钱的亲戚。老太婆当时有想,是不是把一千五的存款拿出来,犹犹豫豫着走到老大家,在墙根就听到里面小夫妻的说话声。大媳妇说,老母那边应该还有钱,你爸爸当时做蘑菇生意和出租房子,不都赚得很好?儿子说,不是盖了我们的房子娶老婆了吗?老爸老母自己还没住上新房,大火不是把什么都烧光了。

那也不是一点老底都没有呀,村里的人都说不相信呢。

肯定没有了。老爸那个人,有点底他就不至于气死啦。他会去翻本重来的,他是那样狠的人。

媳妇不吱声,过了一会儿说,也是。

老太婆心里一松,扭头悄悄回家了。

考验老太婆秘密存款的机会还有。比如那次老二家,老二头胎二胎都是女孩,再生来了对双胞胎兄弟,兄弟俩非常野,经常是八方惹祸四处告状。六七岁的时候,竟然弄死了村尾哑巴家的小母牛,其中一个小子被哑巴急吼吼地拧到家里来,家里的房子都快被狂怒的哑巴给拆了。哑巴比比画画又吼又跺,大意是母牛长大生小牛,小牛再生小牛,损失非常之大。农村人当然也知道牛的金贵。老二当场把两个小恶棍吊起来暴打,最后俩小子鬼哭狼嚎半死不活,父母还要赔人家300块钱。老二家孩子多,条件本来就比老大差,有时给老太婆的10元钱生活费还会拖几天,不过从来没有不给过。赔牛这事,老二倒没有去借钱,当时老太婆到他们家帮忙做饭,就知道一家人是从嘴里硬抠出钱来的,有时桌上就是酱油拌饭。当时,老太婆也偷偷犹豫是不是取出100块,她也心疼孙子们。但最终老太婆还是没动存款,而是把卖干牛粪积攒的二十五元拿了过去。没想到儿子不让。老太婆心里更加有愧,坚决把钱塞给二媳妇。不料第二天,儿子和媳妇过来送米,又拿回五块钱悄悄放米里了。

四

喂以是条来历不明的狗。增啊怀疑它可能是城里人丢弃的狗。增啊在村口见到它的时候,一只鞋子长的小狗几乎快饿死了,它可怜巴巴地看着增啊,后小腿上都是新鲜的血痂,尾巴像被人割了穗子似的,留下一小截,上面也是血痂,还有一边耳朵,显然是被人剪开了。伤痕累累的小狗在寺庙大水缸下瑟缩发抖。增啊走过去好奇地看了一眼,小狗就往他裤管上靠。增啊并不喜欢狗,正想是谁害了这么小的狗,还是谁家丢的狗被人害了,想着想着,小狗就越挨越近,用舌头舔他。增啊说,算了,你跟我去我家吃饭好了。

增啊就走。走了几步回头看,小狗正迟疑地看着他。增啊大喝一声:喂以,走!吃饭去。小狗听懂了。

老太婆不喜欢狗,黑狗就更不喜欢了。增啊先喂了一个刚出锅的热地瓜给小狗,小狗被烫得直龇牙,但老太婆看它吃得很欢,小小的脖子都抖了起来,一边吃还一边拼命给增啊摇那一小截可笑的尾巴。大家吃完晚饭,增啊要老太婆把大家的剩菜剩饭拌在一起,让小狗吃了。老太婆虽然不爱伺候狗,但从来都不敢不听丈夫的。老太婆喂了小狗,又把厨房都收拾好,看看小狗也吃够了,就把喂以赶了出去。增啊说,等等,给它涂点药。增啊就自己拿了红药水,用破布蘸了,在小狗的腿上、尾巴上和耳朵上涂了。涂罢,增啊说,你可以走了。老太婆就把小狗赶了出去。第二天早上起来,老太婆开门抱柴,喂以竟然就在门口蜷着。老太婆很生气,去去去,吃了就不走啦!

喂以还是经常回来。不久,增啊因为大火烧房、争补偿款,再也没心情理睬喂以。喂以野狗似的饥一餐饱一餐地到处流浪,饿极了就又来找增啊。增啊有时让老太婆喂它一点,有时心绪恶劣就吼它滚,并作势踢它,有一次真踢到了,喂以就赶紧夹着短短的尾巴逃走了。但喂以还是会回来,有时在门外怯生生地看着屋里的增啊,不敢进来。增啊一招手,它就欢天喜地地摇着短尾巴,奔窜进来,直往增啊身上蹭,甚至要舔增啊的脸。增啊不吃这一套,挥手厉声呵斥,喂以就讪讪地躲到桌子底下去了。

增啊死的时候,老太婆就更不会注意喂以这条野狗了。忽然有一天,老太婆上坟,远远地看见一只小狗坐在坟墓前,走近一看,竟然是喂以。喂以直直地坐在增啊的坟墓前,偏着脑袋,不知道在想什么。看到老太婆,喂以警惕地起身,似乎要溜走。老太婆一时泪眼汪汪的,想这死狗是不是来送过葬呢,怎么这么通人性呢?

老太婆就和喂以和好了。她带黑狗喂以回家,也像增啊那样叫它"喂以"。从此,喂以就没有离开过老太婆的家,它和老太婆形影不离。老太婆到坟墓上和增啊说,你是专门把它领回家来陪我的吧,死鬼,你是知道自己没有多少日子了吧,死鬼……

几个月后,喂以长成了一只大狗。它成年了。现在,它已经陪伴老太婆七年了。因为增啊死了七年了。

五

两个儿子和媳妇都来了,他们神色严肃地踅进老太婆的旧屋子。

老太婆猜他们这么早可能是刚收工,还没吃晚饭。老太婆自己也没有吃,老太婆正在热中午的剩饭,听到儿子媳妇们进屋的声音,老太婆就赶紧迎出来,问他们吃了没有。儿子和媳妇四个人没有一个搭腔,他们的脸色都相当不好看。喂以感觉到了,它赶紧挨着老太婆站着,有点怯场。老太婆也紧张,从媳妇们捡了存款单一声不吭转身离去开始,老太婆就在等待这个时刻。但是,她知道,她是逃不过去的。整个下午,她也想不出任何分辩的理由,所以她也忐忑不安。可是她又能做什么呢,只有等着了。她知道他们一定会来找她的。

老太婆想起刚收的刺青瓜,想洗几根给媳妇儿子解解渴挡挡饿。但是,大儿子很粗暴地制止她往厨房走。老太婆本来是由衷心疼儿子媳妇的,被儿子一喝,好像自己就是成心巴结讨好的意思。老太婆讪笑着说,嫩着呢,尝尝,尝尝吧。老太婆还是步履别扭地去了厨房。

小儿子把老太婆捧上的水灵灵的刺青瓜一掌全部打落在地。尝个鬼!

老太婆听不清,好像老二是这样骂的。大媳妇倾身想去捡,后来却改成踏上一脚;二媳妇见状,把其他刺青瓜全部踏烂,她踏踏踏,使劲踏,像是很不解恨。气氛更加恶化了。老太婆讪讪地站着,手足无措。

老大说,我们对你怎样?老母你凭良心说话。

老太婆说,好,很好啊,你们不信去问村里人,我都说我儿子媳妇好啊,是上辈子烧了高香呢,我不是……

好!好!好个鬼去!好就光放在嘴巴上!好!老二说。

老太婆说,我也不是,我是这样想的……

没有人想听老太婆真好假好的分辩。大家关心的在后面。老大把那张有点被扯破的存单重重拍在桌子上。你现在到底还藏了多少?我们是亲儿子,知道一下家里的事情不过分。

没有了,就这些……老太婆说,真的没有了……

四个人互相对视着,看得出,他们对老太婆的话非常恼火,也非常轻蔑。他们没有任何顾忌地交换着对老太婆毫不信任的眼神。

老太婆感到难堪。大儿子说,我告诉你,村里谁都知道,老父那样厉害的人,不可能两手空空地走。这里都是他的儿子和媳妇,老母,我们不是外人!是一家人!你这样东藏西藏,丢了烧了被狗叼了,是我们陈家的钱啊!我再问一句,老父到底给我们留下多少?!

老太婆拼命摇头。

把自己的儿子当小偷防!听都没听说过!真是知人知面不知心,我们做媳妇的,也跟着儿子寒心!大媳妇说话了。二媳妇说,寒什么心!我们就是贼啦!以后少来往就是,省得被人家当贼防!反正给她吃给她用,以后都不如喂猪去!

老太婆说,我不是这样想的啊……

少啰唆!老二大吼一声,到底还有多少!快点!趁大家都在,算个清楚!

我们一定要知道,这个不过分!

老太婆掩面。喂以想,老太婆哭了。它去舔老太婆的手,老太婆把它的头狠狠甩开。喂以知道,老太婆只能跟它发脾气了,所以,它毫不介意地又靠过去,小心翼翼地舔着老太婆。老太婆忽然蹲下来,抱着黑狗呜咽起来。

老大又在重重地拍桌上的存单,要老太婆正面对待问题。老太婆说,你们把那个拿去吧,一家一半分了,老太婆呜咽着,我不要了,一分也不要了。这是增啊给我的,是防老用的,我本来也不想要,是他叫我不要乱用的。我只有这么多了,没有了,真的没有了……

儿子媳妇们交换着仇恨和失望的目光。在媳妇面前,儿子们显得更加沮丧。老二走的时候,把老太婆的凳子连续踢翻,最后使劲摔上门,摔得力气之大,使门下面的蝴蝶扣松脱,门就再也关不拢了,只能斜斜地挂着。

儿子媳妇们走后,老太婆站不起来,她是在喂以背部坚定的支撑下,慢慢直起了身。休息了一下,老太婆去收拾地上的烂青瓜,还有倒翻的凳子。老太婆这才知道,自己老了,弯腰和下蹲的动作,没有喂以,她已经难以做到了。

老太婆最后到门口看门,原本想试着修复,但是老太婆改变了主意。老太婆说,不要了,喂以,我们不要了,已经没有钱了,要门干什么呢?再说,我有你,有你呢,我还要什么呢?

六

第一个月,在儿子媳妇们还没有把十元生活费拿过来之前,老太婆就有些紧张,怕他们不给了。第一个月过去了,真的没有人过来送生活费,也没有人来看她。那几天,喂以看到老太婆时不时地对自己点着头,好像自己安慰自己的预料。到了第二个月该送钱的日子前后,老太婆又紧张了,但比第一次好,她知道不大可能了,所以心里只紧了紧,就过去了。从第三个月起,老太婆就慢慢变得踏实了,她知道生活费是不大可能了。老太婆不再盼望,但是,不到第三个月,油和大米也相继没有了。老太婆不敢向儿子们提,用鸡蛋向邻居换了一些,这些蛋是一只不怎么爱下蛋的乌骨鸡下的。断断续续地,平时老太婆也都是攒了送给两家孙子吃的。

老太婆看看自己攒在增啊老花眼镜盒里的钱,数来数去就是二十九块七毛四分钱。老太婆把钱给喂以看,说,你知不知道他们什么时候回心转意呢?他们什么时候才会相信我们没有骗人呢?

喂以无声地看着老太婆。

不能坐吃山空啊,我都看到你又吃人家大便了,老太婆数落喂以。你怎么也是城里的狗吧,怎么也是增啊救回来的狗吧,你怎么可以吃人家的大便?吃大便的那是野狗啦。你以为你舔干净嘴巴我就不知道了?我知道,我什么都知道。

喂以陪着老太婆到处求短工。绿色蔬菜基地那边的人一看到老太婆和狗,就让他们走远点,他们很烦,因为季节性短工已经多得令人头疼,僧多粥少,那么老了还想来挤;老太婆又求那些种马铃薯的承包人,让她来挖马铃薯。终于有一个承包人同意让老太婆去试试。他包的地很偏远,村里的人不爱去。因为马铃薯是抢租东家农闲三个多月的闲地,时间一到,就要还给东家种粮食。因为偏远,老太婆每天和喂以四点多就起来。早饭中饭一起煮好,就上路了。马铃薯地里都是比老太婆年轻很多的人。他们很有力气。正常工一天可以挖六七百斤的马铃薯,厉害的可以挖到八九百斤,甚至还多一点。一百斤工钱是三块,老太婆一天最多也不能挖到两百八十斤,因为她的膝盖和腰都不好使,如果不是喂以,在马铃薯地里,她的弯腰下蹲都是难以完成的。喂以很好,老太婆一叫,就赶紧跟着,好让老太婆撑着自己的背,起起落落,调整劳动姿态。这个当然是很慢的,喂以有时还会溜远玩耍,老太婆看不到喂以,基本上是以趴在地上的姿势挖掘的,她爬着、匍匐着挖,一起下地的人都走了老远,老太婆和喂以还在后面吃力地刨土豆。

小管工开始就不想要老太婆,后来看到忠心耿耿的喂以,就摸了摸喂以的鼻子,什么也没有说就算了。喂以后来一看到小管工,老远就摇那个短了一截的尾巴。

老太婆的腰越来越糟糕,回家以后,经常一身土泥就直接躺到床上去,半天都爬不起来。春天的雨水多,老太婆感到腰和膝盖都太痛了,动一下,骨头就碎成刀片了。每天晚上听着屋檐下的雨水声,想到黑摸摸的四点爬起来,到十几里外的雨地里挖马铃薯,老太婆就发怵。喂以,老太婆说,死了就一了百了了。增啊舒服了,他留下你和我受苦呢,喂以……

老太婆说,喂以,锅里还有粥啊,我实在不想起来了……

喂以当然无法取到老太婆放在锅里的粥。老太婆听到喂以到院子里的水井槽喝水的嗒嗒声。老太婆挣扎起来。老太婆说,唉,讨债鬼啊,就不能让我这样睡死过去,就不能让我舒服一点吗?讨债鬼啊……

老太婆以为可以干满最后的六十多天,但是承包人在赶着还地,催命似的,所以其他快手就把老太婆的活儿做掉了。老太婆心里很急,但也实在起不来了。全身的老骨头都散成刀片了,一天最多挖个两百六十多斤,也就是七块多钱。

而这些钱,都是要全部刨干净交地以后才结算的。

七

四个月来,儿子和媳妇都没有再过来,只是有一天,大孙女过来,借了个漏瓢。孙女说,她哥哥的大学学费又涨了,哥哥都快读不下去了。老太婆不知道孙女是有意还是无心顺口说的,但因为没有能力援助,老太婆就假装没有听到。老太婆想,如果是媳妇派来试口风的,她也只能装傻了。

失去生活费和粮油已经四个月了。老太婆就经常煮些地瓜、芋头和紫薯吃。放一点盐和青菜而已。还有七个鸡蛋,老太婆没有舍得吃。增啊的眼镜盒里还有十一块八毛多,老太婆认为只要坚持到马铃薯结算就能转危为安了。

但是，老二出事了。

坏消息传来的那个中午，老太婆听到二媳妇尖厉瘆人的哭号。老太婆和喂以晚上收工回来时都快八点了。刚进门，老二家双胞胎中的一个少年，满头冒汗地闯进来说，快！老爸的右手被机器咬掉了！大输血！要救命钱！快！

老太婆就蒙了。

孙子大喊一声，钱啊！阿奶！

老太婆也跟着说，钱啊……

老爸这下面都没啦！阿奶！孙子用手砍着自己的手腕，你还藏着钱干吗?!

老太婆在微微摇头。

孙子说，快点！我这就赶着进城去！我妈说，先拿五千！快！快点！没时间啦！

老太婆转身到厨房，孙子跟了进去。老太婆把手伸到一个粗瓮里，孙子以为是钱，却看见老太婆手里是鸡蛋。少年困惑了一下，马上就愤怒了，劈手就把老太婆掏出的三个鸡蛋扫到了地上。

钱啊！孙子怒吼，我老爸要死啦！钱！等你去救命的钱啊！阿奶！是救命啊！

老太婆似乎要跌倒了。她疼惜地看着地上打破的鸡蛋，老人微微摇着头说，没有了，阿奶真的没有钱了，哦，还有十一块钱，我去拿。蛋也拿去呀，给他打蛋汤。老太婆怕孙子再扫掉她的蛋，迟疑着，把手伸向瓮子。

孙子觉得自己没听清老太婆说的钱的数目，他一边努力在老人消失的音调中追想余音确认数额，一边看见老人把摸出的四个鸡蛋用碗装好，哆哆嗦嗦走到屋内。老太婆翻起垫絮，从一个眼镜盒中拿出了十

180

一元,还有毛票。

  冒汗的少年觉得被狡猾的老太婆戏弄了。孩子愤怒地呸了一口,转身,又转身,他一把夺过老人手里的十一元钱,踢门而出。门外,少年恶狠狠地诅咒了一句什么,喂以赶出去看明白。老太婆没有听清,但她自己给自己点头,不断地给自己点头,像是检讨自己。她让孩子生气了,让儿子媳妇失望了,什么忙也帮不上。老二的手被机器吃掉了?再也没有了?可不可以接?老二会不会把身上的血流光了……

  老太婆不知不觉走到了厨房。她看到喂以在拼命地舔食地上的破鸡蛋。喂以的脖子因为难得的荤腥而兴奋地发抖着。它舔着,一边着急地吐着蛋壳。老太婆忽然就恼了,她抓起桌上的瓮子,就往喂以头上砸去。毫无防备的喂以心思完全在地上,而按老太婆的目标,她是砸喂以的狗头,但是老太婆没有如愿以偿,她苍老疲惫的手砸偏了。瓮子擦过喂以的头,在灶头四分五裂,喂以嗷的一声逃了出去。

  老太婆一屁股坐在地上。

  不知道过了多久,坐在地上迷迷糊糊的老太婆感到有毛在蹭自己的脸和手。老太婆没有睁开眼睛,她知道是喂以。老太婆伸手摸了摸,喂以满是蛋腥气的嘴开始舔老太婆的脸。老太婆也用老脸反蹭着喂以的脸。她感到喂以站起坐下,坐下又站起。反反复复,老太婆知道,喂以是在问她要不要扶它的背脊站起来。

  老太婆哭了起来。

八

  老太婆一个晚上睡不着,心里惦记着老二,很想去老二家,又怕被媳妇或孙子们赶出来;去城里吧,老太婆觉得不行,没有一分钱,去医院干什么呢。她和喂以也找不到老二的医院。想来想去,老太婆想到的唯一办法就是让马铃薯承包人提早给她结算。老太婆算过了,有三百六十九块钱呢。

一早,老太婆就和喂以往马铃薯地赶。小管工来得倒是不晚,老远看到喂以,就学着喂以一瘸一瘸地晃动身子迎接喂以。马铃薯地里,早来的短工们都在招呼喂以。马铃薯的田野上,到处是"喂——喂——喂——"的声音此起彼伏。老太婆和喂以直接向小管工走去。小管工手里把玩着一个巨大的马铃薯,看到喂以走近,就像投篮一样,吓唬喂以。

老太婆说,我儿子手断了,我要先结账。

小管工摸着喂以说,这我管不着,找老板去。小管工又说,找也是白找,多少年了,都是清完才结。他现在只有土豆没有钱。

老太婆说,不行,我现在就要。他在哪里?小管工说,在城里联系土豆怎么卖个好价钱呢。今年土豆多喽!小管工幸灾乐祸地逗着喂以玩,眼睛都不看老太婆。

不行。我一定要先结算,我儿子等不起了。

没用,他现在哪有钱给你?你问他们。小管工指着地里忙碌的人说,你才做一次,不懂。好了,快下地吧,你本来就慢,钱都给人家挣光啦。如果不是喂以,你连这一点都挣不到。老板要你,还不是可怜你,真是的!

老太婆没心思搭话。她要钱,就到处找人,但老太婆到底没拿到钱。承包人的老婆说话了,当然是卖出马铃薯才有钱。老太婆说,我先借好不好? 人家说,有钱还借不借吗!

当天晚上,老太婆和喂以收工回来的路上,看到自己家的灯亮着。老太婆心里暖了一下,很快就猜不是好事。两个媳妇在屋里站着,看那样子还翻腾过屋子。老太婆有点不高兴,马上觉得翻了也好,越彻底越好,这样你们就知道我真的没有钱了。

大媳妇说,阿母,都到这时候了,你再藏着钱是没有良心的。我们阿锡好不容易考上大学,没有学费差点念不成书,你舍不得就算了,阿锡现在边读书边打工,没有钱让同学瞧不起,不念又出不了头。你亲阿奶都不帮就算了,我不说话,但是我今天要说话,老二救命钱,你再不出,你不得好死!

二媳妇说,五千!多也不要!先来救急!

老太婆都没有力气说我真的没有,她觉得她说了也是没人相信。现在,连她自己都觉得这些听起来真像瞎话。老太婆神经质地摇晃着头,看上去像个理屈词穷的冷血财奴。

你藏!藏!藏棺材里去吧!二媳妇突然就暴怒了,她扑向老太婆金耳钉的时候,喂以也反应不过来。大媳妇扑向另一只耳钉的时候,喂以冲了上去,挡在老太婆和大媳妇之间。

九

老太婆摸了摸自己撕开耳垂后微微渗血的耳朵,老眼中浮起一些感伤,但老太婆马上咧了咧嘴,像是有了笑的意思。她去摸喂以被人剪开的耳朵叉,老太婆说,一样呢,我们一样呢。

老太婆事情做得很有条理。她把撕开的耳垂用火柴硝纸贴好,就去找小管工。她千叮万嘱地交代说,结账的工钱交给她大儿子,请他代她处理这些钱。之后她回家把自己一辈子最珍爱的物品找出来,头梳啊,背心啊。然后,老太婆就开始领着喂以到增啊的坟边挖坑做自己的坟墓。坟墓虽然小,只是个意思,但对于老太婆的体力来说,也是个持续三天的重大工程。所以竣工后,老太婆给自己和喂以放假一天。

假日过得很认真。老太婆用最嫩的芥菜叶煮了最后的几个红芋子,

183

把味精的瓶子洗了两遍,也洗了小磨麻油的香油瓶。还在锅里,老太婆品尝它的时候,就大呼小叫地对喂以说,哎哟!味道好得不得了哇!老太婆还蒸了一个葱花鸡蛋,倒下了最后一点酱油花,香呢。老太婆说。剩下的三个蛋老太婆带壳煮熟。其中一个弄碎了黄黄白白地拌在了芋子饭里,这是喂以的假日大餐。

老太婆和喂以面对面,在桌子上吃饭。老太婆还没致辞,喂以就一头扎到碗里呼哧呼哧地吞咽,老太婆批评喂以吃相上不了台面,结果自己一口芥菜芋子吞得急,把舌头给烫狠了,老太婆慌忙把黏糊糊的芋子吐回碗里,张着豁牙的嘴拼命吸气。嘿嘿,老太婆难堪地说,增啊要是看见,就丑死喽。老太婆声音粗沉下来,赶去死啊赶这么急!喂以知道是老太婆在学增啊骂人。

老太婆又用自己的语调说,不赶的,迟早都要做的事呢,谁去赶它。是不是,慢慢吃,喂以。

老太婆把自己的芋子芥菜饭又拨了一点给喂以,因为没有鸡蛋,喂以意思了两口,没有再发出呼哧呼哧的声音。

老太婆就骂,一下你就刁嘴了,好,我看你明天吃什么!你刁。

十

什么都想明白了,一夜就很踏实、很快地过去了。昨天说的明天,就这样春风微醺地到了。

这是一个春天里的好天,和春天万物花开潜藏的力量一样,喂以似乎精力旺盛得无处发泄,在山道上沙沙沙地奔跑,飞速地转身,又奔跑,引颈嚎叫,像一条快活的狼。

有心人就会发现老太婆今天没有带锄头,不像是去挖笋,而且老太婆头发梳得整齐,衣服穿得干净,老太婆还穿了一双平时很少穿的新鞋子。喂以走走就低头去闻闻它,因为它散发着樟木箱子的奇怪味道。

地方是早就选好的,当地人叫它天龙角山,非常的高,巨石多、草多、矮松古藤多,因此,除了采药人,当地人绝不到那里去放牛打柴。每年冬天还不太冷的时候,那个鸡冠形的山顶就白茫茫的有了微雪。

山路越来越深,空气越来越清凉湿润。老太婆不允许喂以撒欢儿一样地乱跑了。也许到了不熟悉的地方,喂以也老实安静下来。它跟着老太婆慢慢地走,听着越来越深的山中交叠着各种清脆而空阔的鸟鸣和鸟翅膀扑腾起飞的动静,还有,老太婆一路絮絮叨叨的说话声。

上山的路越来越陡峭,老太婆气喘吁吁,却还在说话。一句话有时喘得断断续续,喂以不明白,老太婆的话怎么那么多,有几次老太婆都被雨后的草丛滑倒了,哎哟、哎哟叫着。喂以过去帮忙,让她慢慢爬起来,老太婆还没站稳,又开始说了。

……老二你不要看他凶,他就是脾气急,从小就急。那一年,他还小,还没上学。蚂蟥你知不知道,吸人血的。村里祠堂那片水田里最多了,吸到人腿上,刮都刮不下来。他们两兄弟也在田里抓泥鳅玩,我腿上有了一条。我叫老大拿镰刀来刮,老大握着镰刀,快跑到我前面的时候,不知怎么绊倒了,一刀刮在我的腿上,天哪,那血啊——给你看看这条疤,这么长——老二一看到我出血就火了,扑过来就打他哥哥。两个人就在水田里厮打起来,打得像泥猴一样……

…………

老的人,黑的狗,就这样往天龙角山高处而去。

天龙角山向阳的这一片,包含阳光的细雾氤氲着,巨石和其间隙的矮松树、古藤在阳光下蒸腾着潮热的气息;而背阴的这一片,白色的雾透着青光,这白色的青光一路洒向深不可测的渊底,刀尖一样的大大小小的山峰在青雾中若隐若现。

老太婆爬到大半山腰的一块像风帆一样的巨石下，站着。

风帆巨石一边是背阴的山崖，一边是阳光薄亮的缓坡。背阴的山崖中，山势陡峻如插笋，如刀尖，青雾缭绕其间；向阳的这边，坡势稍缓，巨石圆润。老太婆的眼睛左右看着，最后停留在向阳坡上。老人衰老而疲惫的眼眸，反射着古藤松枝草叶上太阳清新的光辉……你怎么能知道呢，喂以，他们是好的呀……你不要生他们的气，你不懂呵……你没有孩子，你又没有父母亲，你怎么知道他们对我的好呢……你不懂呵……村里那个女人，一直是我的死对头呢……

老太婆似乎决定不往上走了。她抚摸着那至少五人高的风帆形巨型整石，然后扶着石壁慢慢、慢慢地弓着身子坐了下来。喂以目不转睛地看着老人，它拿不准老人是不是马上要往上走。

……她一贯地偷引人家辛辛苦苦从山上引下来的水，我把它堵回来，她就不高兴了，骂呢，怎么难听怎么骂呢。我也骂她，她就打人了。女人打架男人不好劝。她个子高我很多，力气大，把我摔到田里去了……老大和老二，你想得到吗，他们晚上偷偷跑到她家门口，扔了一地西瓜皮哟，还真把她老公摔了。腿摔坏了，他们家说被人害了，我们也不知道。到了很久以后，兄弟俩才说，摔死她！替阿母报仇呢……

老太婆和黑狗坐在风帆巨石下浅金色阳光中，快到正午了。

老太婆从布包里掏出一个显然是旧的、有点瘪的矿泉水瓶，她倒了些水在瓶盖中。老太婆因无法控制自己的手抖而抱怨，你看还有什么用呢，真是什么用也没有了。老太婆说着把瓶盖水给喂以，喂以伸着舌头，吧嗒吧嗒舔着喝，它渴了。老太婆让喂以喝够，再举起瓶子自己喝。

黑狗趴在老太婆的旁边，它也累了。老太婆终于停止了絮叨。一老一小安安静静地坐着。放眼空无一人的山野，在无言的人眼和狗眼里，看不尽的是漫山遍野远远近近的深绿浅绿,春色碧连天。远处,在如织的灰蓝云雾下面,是听不到声音的喧闹人烟。

……可是,我们离那边已经很远了……老太婆说,你记得住吗?过了土地公庙要往毛竹林那边拐,那是你回家的路啊……老太婆说。

风帆巨石上还有很高的山崖,按老太婆最初的构想,是一直要走到天龙角山最高的地方去的。现在老太婆已经知道,不可能了,她的体力已经到了极限,越歇息越感到全身像泡软的米浆。累了,累了。我累了哦,累了……现在,只有躺到云里才舒服了,喂以呀,躺到雾里最舒服了,喂以哦,累喽,累喽。这样就好了。这样就好了。你不能生气,谁也不要生气。这样就好了。这样就好了。能省就省吧,我是不讲究的。你不要生气,你们都不要生气。这样就好了,这样就好了……

老太婆一直抚摸着黑狗喂以。喂以在老太婆的抚摸下,渐渐昏昏睡去。老太婆还在抚摸着喂以。等喂以一觉醒来,太阳已照到了风帆巨石背阴的这一边。原来发青的山岚雾气已经消失无踪。大大小小所有嶙峋的笋石,都露出了狰狞原貌。

老太婆看喂以醒了,把两个煮鸡蛋拿了出来。一看到鸡蛋,喂以嗖地站了起来,它直奔老太婆手上的鸡蛋而去。老太婆挡着它把鸡蛋壳剥了,自己咬了一小口,递给喂以。喂以迟疑着,老太婆对它点头,受到鼓励的喂以,张嘴就是一口,把鸡蛋全咬进嘴里。

别噎着!老太婆说,你慢慢吃,这个也是你的。

老太婆把另一个鸡蛋也剥了。她把煮鸡蛋刚刚捏成两半,喂以就扑到她手心呼哧呼哧,两下就全部吃光,连老太婆的手心都舔干净了。老太婆说,好了,喂以,这样就好了。老太婆指着远方烟霭深处说,那是我们的家呢,记住啊,过了土地公庙往毛竹林那里拐,竹桥过了再往南,你记住了吗……走吧,你可以回了。以后啊,喂以要是想我们了,就到增啊和我中间坐一下,坐一下就可以了,你要养活自己了,光坐在那里你会饿死的——来,扶我站起来哦。

喂以不知道老太婆撑它的脊背起来的时候,为什么要蹭它的脸,蹭着蹭着老太婆站了起来。喂以也不知道老太婆哆哆嗦嗦地为什么还绕着风帆石走,不知道老太婆走着走着怎么就不见了呢。好像有动静下去了,喂以试着绕着巨石走了一圈,老太婆还真是不见了。

喂以转了几圈,最后面对深谷坐在地上等。

喂以一直坐在那里。太阳斜得厉害了,但喂以坐得很直。先是黑狗坐在夕阳红霞里,后来夕阳慢慢转青转灰,喂以成了一个剪影。再后来,黑狗渐渐融进黑暗的夜色中了。

三天后,有人采药经过,看到一只黑狗坐在风帆巨石下,面对着嶙峋如刀的深谷,一动不动。采药人嘘了一下,黑狗转头;采药人做出捡石头的样子,黑狗跳起来就跑了,一瘸一瘸的。但是,走远的采药人无意中回望,那只奇怪的黑狗又坐在原地了。

黑狗的背影很直。

伊鲁坎吉水母攻打厦城

邀请函

亲爱的们、亲爱的天使们：

我要结婚了！有人射了我膝盖一箭，我也狠狠反射了她一箭。带着爱情甜蜜入骨的伤痛，我们决定互相疗伤一辈子。只要爱情的伤口不愈合，我们就互相疗愈到地老天荒。五月一日，请来为我们见证这个庄严的疗愈史开端吧！

呃，我的朋友有点多，她真正的朋友也不少。我们希望我们的朋友，只带着你们最美、最帅的形象和最有效的祝福，来吧！只要甜蜜祝福，不要红包（实在要给，就给吧）！

来吧，来吧，来吧！

谢谢各位微服人间的天使！

郭的丁偕爱妻穆见可敬邀

三月二十一日

一

《小城时分》版面安排：2007年4月1日　周日

版序	内容	广告内容	栏行数
1彩色	时政	植树(公益)	17行　2栏
2套红	本地新闻	房地产(巴黎之春)	19行　4栏
3套	经济	春季服装展	19行　4栏
4–5彩	4版、5版通栏 全国海洋周宣传(含软文)	分类广告	29行　3栏
6套	小记者的春天	益生菌+拍卖	11行　2栏
7套	美食侦缉组	莱茵湖畔(房产)	47行　通栏
8彩	凭栏国际	多又好超市商讯	19行　4栏

4月1日《小城时分》周日海洋特刊
4–5版通栏
伊鲁坎吉水母攻打厦城（跨版大通栏标）

本报讯（记者郭的丁）：毒水母！伊鲁坎吉入侵厦城！专家目瞪口呆。

一周前，厦城环东海域，惊现伊鲁坎吉毒水母。作为世界上最小的水母，伊鲁坎吉只有衬衫扣子大小，它能够轻易通过游泳安全防护网格。海洋观测人士谨慎预告,今天(1日)雨后,将有更大批量的伊鲁坎吉水母"攻打"厦城。

伊鲁坎吉水母通常在非洲西海岸深处活动,不可能出现在东南海域的中国厦城。专家面对多份取样,反复目瞪口呆。专家表示,这是一个惊人的历史时刻。伊鲁坎吉水母出现的地点、时间、规模,全部溢出了人类经验范围。数名水母爱好者称,这和地球气候变暖、洋流变化有关。

厦城望东大学海洋水母专家威廉姆教授说,伊鲁坎吉水母毒性强大,仅稍弱于首毒——澳大利亚箱形水母。它直径0.6厘米,但极其危险。其触手轻抚,即引发"伊鲁坎吉综合征"——最初的半个小时只是轻微刺痛,甚至令人不察,随其毒液进入血液,流遍全身,剧烈的疼痛感会让人疯狂难忍,随后引发四肢痉挛、心跳过速和高血压等并发症。吗啡也无法止痛,恐怖的疼痛可能持续一周。

威廉姆教授说,事实上,很难知道有多少人死于伊鲁坎吉水母,因为高血压、中风、心脏病和溺水都可能是由它们间接引起的。而人类对这种水母的研究才刚刚起步,我们仅仅知道,每年夏季,是它们数量增多的时候。目前尚无抗毒血清。2002年在昆士兰外海,两名旅行者被伊鲁坎吉水母蜇后丧生。除了非洲西海岸地区,伊鲁坎吉水母还分布在澳大利亚大堡礁及印尼周围水域,但在美国、日本也有类似这种被水母蜇伤的案例。

据厦城环岛博爱医院急诊科数据显示,一周以来,该院急诊人数比同期高发19%,扣除急性肠道疾病、海鲜过敏、溺水等突发急症,多人因为高血压、中风、心脏病不治。由于暖春如夏,市民多集中在环东海域的书法广场、音乐广场和雕塑广场,在海中戏水、浮潜,在沙滩徜徉,人群十分稠密。一名资深急救医生含义不明地表示,厦城人越来越懂得享受好天气了。

本报一周前报道(详见《小城时分》3月24日7版社会新闻头条),

郊外一农家的楼顶水池,惊现有"水中大熊猫"之称的桃花水母。在中国几乎绝迹的桃花水母,生活在干净的江河湖泊之中,它是唯一的能在淡水中生活的小型水母,古人称其为"桃花鱼"。桃花水母在体貌上和伊鲁坎吉水母相近,有外行人士戏称,里应外合,伊鲁坎吉水母漂洋过海,难道是来寻亲的?

《小城时分》周日海洋特刊 4 版 2 条

知识网

人类不敌"海妖"(配图一)

伊鲁坎吉水母,因澳大利亚土著部落 Irukandji(伊鲁坎吉)中关于可以置人于死地的隐形海妖的传说而得名。因此类水母犹如隐形海妖,杀人于"无形"。

纽扣大的伊鲁坎吉水母伞体呈立方体,有四个侧面,每个面所夹的棱都有一条中空的触手,触手的伸缩能力极强,收紧时仅有五六厘米,伸展开可长达一米,触手上的刺细胞呈簇状分布,因此触手犹如一串珍珠。伞部的四个面各有一组眼睛,有如八眼海妖。

被伊鲁坎吉水母蜇的人起初只会感觉轻微的刺痛,但随着毒液的扩散,中毒者皮肤局部会出现红疹,并伴随全身阵发性剧痛(有的中毒者形容,这种阵痛犹如被放在火炉中烤),随后会出现肺功能障碍及肾功能障碍,严重者会死亡。更糟的是这种水母极小,在水中用肉眼几乎看不到,它们甚至可以透过网眼,钻到游泳区的防护网内。人类对此束手无策。

2000 年,伊鲁坎吉水母突然啸聚悉尼海域。悉尼奥运会水上项目危在旦夕,驱赶、猎杀等抵抗行动均告失败。但是开幕式前一周,伊鲁坎吉水母突然"快闪"般神秘消失。2001年,伊鲁坎吉水母军团幽灵般聚集在美国佛罗里达沿海水域,原本安全的海域笼罩在剧毒水母的淫威之下。游客锐减。

《小城时分》周日海洋特刊5版2条

一说水母,你就想到凉拌海蜇

记者　郭的丁　　实习生　楼小斌

一段时间以来,厦城剑麻小湾、剑麻大湾地区陆续出现海蜇。最多的一天,剑麻小湾放置在海中的定置网钻进了六七吨海蜇,都是伞径15厘米左右的海蜇。尽管海蜇的涌现,给定置网的渔获造成了一定损害,但是,对于爱吃海蜇的厦城人来说,也算喜讯。

水母有三千多种,海蜇只是水母中的一种。从历史上看,厦城海域只是偶尔可见大型钵水母,如黄斑海蜇、海月水母等,但今年海蜇来得有点规模化。

不止厦城。美国研究机构发现,近年来,多国沿海地区都出现"海蜇成灾"现象。如黑海,每立方米的海水中,最多竟能发现一千多只拳头大小的海蜇。大片大片"随波逐流"的海蜇频繁骚扰夏威夷群岛、墨西哥湾、地中海,以及日本和澳大利亚沿海,每年有至少1.5亿名各国游客被海蜇毒刺蜇伤。海蜇的过度繁殖,让各国沿岸渔业和旅游项目遭受了数亿美元重创。

看来,海蜇是大部分地球人的痛,其美味更非一般地球人能懂。但在中国,海蜇渔业有悠久的历史,最高年产量可达数十万吨。如果亟须,中国吃货可以组成"义勇军",到海蜇重灾区"见义勇为"吃掉海蜇。

老厦城人凉拌海蜇的一般流程是:将海蜇用淡水泡上两天,然后在食用前切好后再用醋浸泡 5 分钟以上,如此,才能杀死全部弧菌,就可以安全享用海蜇美味了。

海蜇营养极为丰富,每百克海蜇含蛋白质 12.3 克、碳水化合物 4 克、钙 182 毫克、碘 132 微克以及多种维生素。中医医学认为,海蜇有清热解毒、化痰软坚、降压消肿之功。

《小城时分》周日海洋特刊 4 版 3 条

水母和人类的战争

谁是地球的最后霸主?

记者 郭的丁

有五六亿年历史的水母,好像从不认可人类是地球霸主。只要它们看人类不顺眼了,双方一交手,人类的局面总是难堪。

有一年,在日本,一伙越前水母拖住渔船,直接让日本人船覆人亡;就在去年,美国人想在澳大利亚炫耀最先进的航空母舰"总统号",结果,招惹了成千上万不高兴的水母,它们直接攻占了核动力设备的冷却系统。美国人使用杀虫剂、电击、超声波等反击,都无法驱赶水母。"总统号"被迫提前离开大洋洲。"水母赶走美国军舰"成为当地报纸的头版头条。水母们还随心所欲地关闭人类发电站。1999 年 12 月,五卡车的水母忽然云聚,堵塞了菲律宾某发电厂的冷却系统,导致该发电厂歇菜。日本浜冈核电厂的两座核反应堆,也被水母军团关停过。

这个看上去死气沉沉的物种,恐怕是人类地球霸主的唯一挑战者。人类可能要对它的能力重新评估。

它也确实身手不凡。

6.5亿年前的海洋中缺氧,硫化物多,许多生物都没能挺过来,但水母没问题。它们耗氧低、存氧能力强,有些水母甚至能够在水面把氧气吸入它们的"帽子"里,然后像带着氧气瓶的潜水员那样潜入缺氧的水中长达两个小时。

它们有雷霆般的繁殖力与难死的魔性。和它们初战的人类,把水母们杀掉,再倒回海里,没想到,水母被杀时,会立即排出卵子和精子,直接在水里受精,并复仇似的暴量繁殖。而和平期,水母的繁殖力也是惊人的——雌雄同体、自我克隆、体外受精、自体受精、求爱和交配、裂变、合体、同类相食……只要是你能想到的繁殖方法,水母们都无师自通。

水母还很难死去。如果水母遇到困境,会"假死、负生长",一些水母能够保持假死状态长达十年!有一种灯塔水母,几乎是不朽的。当它"死亡"之时,许多细胞会逃离腐烂的身体,然后以某种方式找到彼此,再次组合成息肉,再分离,变成一堆新灯塔水母,这一切在5天之内就能搞定。

水母固然是先天旺族,但亿万年来基本克制。而成就水母族崛起的,正是自大的人类。

地球污染、气候变化、过度捕捞海蜇天敌、生态系统崩溃,以致水母坐大;而渔船随意扔掉海蜇和各类人造海洋建筑(如石油平台和输油管道)增多都是海蜇疯狂繁殖的诱因。在人类不断将"营养"(比如农场化肥)添加到海水中时,海水会耗尽氧气,鱼虾都难活;人类造成的全球变暖和海水酸化也是水母崛起的重要原因。当海洋变暖时,热带箱形水母和伊鲁坎吉水母会扩张它们的生存范围。据悉,北大西洋海域曾有10万平方公里的面积被海蜇所"覆盖"。美国蒙特雷湾内,全体海洋生物"体重总和"的三分之一是海蜇。

这是人类的灾难,但水母的崛起,已经势不可当。

《小城时分》周日海洋特刊5版右下边栏

记者手记

诗意的对手
四月呆子

没有脑子,没有骨头,没心没肺,没手没脚。难怪文艺复兴时期的学者们把水母当成植物,就这样一个不死不活的生物,过着地球上最美丽最悠闲的生活。全地球的生物,诗意地居住,只有它们做到了。

这个地球上,只有水母的杀戮,不容易让目击者与受害人共情。这个海洋中的杀手,悠然、飘柔、轻盈、曼妙,它们生生世世就这样在大海中,如诗如画地残暴着、贪婪着、杀戮着。

最凶残的人也想不到,那么美丽的身影,可以吃掉超过自己体重10倍的食物;没有食物了,它们就通过妖冶的表皮,直接吸收溶解在海水中的有机物质;它们还会蓄奴,让一些藻类生存在它们的细胞内,奴隶们通过光合作用,就可以给作为奴隶主的水母提供能量。

这种美丽的生物还惊人地浪费食物。也就是说,和地球所有的动物不同,它们没有饥饱控制,它们天生不断追捕猎物,不管吃饱没有,就是不断厮杀,直到——"还有谁?"的问声,在空空如也的海洋中回荡。

我觉得中国人恐怕是地球上阻击水母崛起的最后希望。论历史,我们从来就没有回避过水母,从小就从凉拌海蜇中练习不惧强权;论武力,我们有太极拳、太极剑等与水母柔术抗衡;论胃口,我们比它们更恢宏更辽阔,它们能吃的,我们都能吃,它们不能吃的,我们也全能吃;我们就是陆地水母,吃草挤奶、卑贱强劲,野火烧不尽春风吹又生,只要我们乐意,可以生满全地球,每一个人的基因里,都是天生吃海蜇的——谁怕谁?!

美丽、自由、无畏、飘荡、至柔至刚。

开战吧!让我们先向诗意的对手致意!

郭的丁与女友的短信:

阿呆:老婆,看到报纸没?

可可:扫了一眼。忙死了。

阿呆:几乎算我个人专版!怎么样,终于明白什么叫才华横溢了吧?

可可:没感觉。

阿呆:这个愚人节,将激荡厦城。

可可:神经病。

阿呆:哎,去看看我写的手记。一定要看!今天一拿到报纸,我自己又看了一遍,还是灰常(非常)感动!

可可:好啦。

阿呆:去看!推荐你老板、你办公室的人都看看!让他们品味品味你老公的速度、温度与深度!

可可:都在加班布置会场!

阿呆:磨刀不误砍柴工啊。看看无妨。

可可:神经!——对了,婚纱照植物园的那一组,我说要他们全送。你搞定了没有?

阿呆:没问题。你把今天的周日专刊往米兰经理桌上一拍——这一整版都是我老公写的!让你们多送两张,是他看得上你们公司!

可可:少恶心了。

阿呆:唉,命苦,找了个没文化的美女……

可可：再放屁！

二

《小城时分》周日海洋专刊热线反响：

　　读者王先生、何小姐：我们今天下午还在环岛路游泳。每个人都觉得身上很痒，是不是被伊鲁坎吉水母蜇到了？

　　读者赵老板：我儿子和同学今天在沙滩捡贝壳，回来发烧了，现在要不要带着你们的报纸，马上去急诊？！

　　厦城海洋专家：胡说八道！你们记者采访过真正的专家吗？！

　　读者老钱：我们家世代渔民，从来没有见过什么伊海妖水母！我们几个兄弟集资，昨天刚刚在环岛路开张了海鲜大排档，你们吓跑游客，我们几家人一起去砸烂你们领导狗头！

　　……………

来自市长热线(多条合并)要求《小城时分》迅速反馈：

　　——伊鲁坎吉水母有没有解毒剂？

　　——厦城水域到底有多少伊鲁坎吉水母？！

　　——厦城哪里有卖水母防蜇游泳服？普通浮潜服装是否可以防止被伊鲁坎吉水母攻击？

　　——被海水冲上沙滩的伊鲁坎吉水母，政府有没有紧急组织专人清扫？要不人民不放心……

中山医院、第一医院、环岛医院、仙山医院等多家医院反馈：

　　——120急救中心救护车，全部被调往环岛海域；

　　——有多名沙滩赤脚游客，因为疑似脚底被刺，怀疑被伊鲁坎吉水母蜇伤，请求医生仔细检查救治；

——蓝天救援队急送数名下海游客,因为血压高,其自查自纠怀疑被伊鲁坎吉水母暗伤,请求急救;

——有准新郎在环岛路礁石上拍婚纱照,忽然中风,怀疑被伊鲁坎吉水母蜇到,急打120救护车;

——讨小海的五旬女子手指受伤,莫名昏厥、四肢抽搐,路人担心系伊鲁坎吉水母所祸,代为报警……

厦城旅游总局:

——因厦城海域出现伊鲁坎吉水母,全国各地多家旅行机构纷纷来函来电,询问伊鲁坎吉水母入侵厦城灾情,目前,已有四家旅行社明确表示延期带团或者取消厦城旅行计划……

厦城体育管理部门:

——接中国水上运动帆船赛事组委会通知:原定六月上旬举行的环东亚帆船大赛,因故暂缓确定赛事举办城市。具体赛事地点,将于五月中旬前另行发出确定通知……

三

《小城时分》编委会

关于四月一日愚人节专刊策划的情况说明传真内容如下:

尊敬的倪部长:

一场生动有趣的科普专刊,遭遇了传播失误。鉴于本报去年6月8日与海洋部门合作宣传"世界海洋日暨全国海洋宣传日"活动,许多生动有趣的海洋知识没有版面可及时传播宣传,因此,借本月一日愚人节,本报以寓教于乐的形式免费推出了海洋水母专版宣传。

并借着愚人节的活动,与本报读者开了个善意的、增长知识的玩笑。

当日的报纸,特别注明是四月一日,遗憾我们对受众的节日心理估计预判不足,节日的娱乐性突出不够,过于严肃正经,以致误导了读者。虽然,本专刊之海洋宣传效果产生了空前绝后的影响力,但是,我们还是要吸取不足之处,等到6月8日世界海洋日,我们将吸取经验教训,更好地做好海洋日的宣传工作。

《小城时分》编委会

主管部门领导批复：

胡闹！祸国殃民！什么传播失误！是严重导向错误！祸害国计民生！

本周全市业务工作会议,责成《小城时分》领导班子全体列席。由负责人与会做出深刻检讨！

四

《小城时分》采编会议纪要

时间:2007年4月11日

地点:九楼圆桌会议室

主持:赵晓飞

出席:卜梅临、钱上游、詹靖、吴伟,以及首编首记及以上人员、全体编辑

记录:杨曼

会议内容:

传达上级会议精神

晨报全体人员要认真领会,全面落实,勇于担当,紧紧围绕"三紧四严五过硬",严格执行宣传纪律,严格遵守采编流程,以高度的责任心,实干实效,确保正确的舆论导向。

关于愚人节专刊检讨

周日专刊主编郭的丁发言摘要:

通过一周以来的教育学习,我的认识有了很大提高。我充分认识到,本次愚人节专刊的策划初心背离了新闻人的职业操守,虽然有普法善念,但因不严谨不严肃的劣质传播方式,给社会民生都造成了极其负面的影响。个人完全认识到错误的严重性,并愿意接受组织的任何处罚。

专刊部主任吴伟发言摘要:

愚人节策划,我负有失察责任。虽然我远在北京学习,但是,小郭电话汇报本周策划,当时环境嘈杂喧闹,我没有听清楚,然而,我本该回头再打电话详询策划案的,但是,我因为一贯信任小郭的创意和稳重,最终没有打。这是我不可原谅的错误。如果我当时打了,一定不会有这个负面效果出现。

副刊分管负责人、副总钱上游发言摘要:

愚人节专刊的错误,不能都怪专刊主编。小郭一直是个非常努力上进、充满办报激情的同志。这一次,我们要肯定年轻人的出发点是助益社会的,有创意有公益心,但是,我们失去了分寸感。这才导致了事与愿违的社会效果。所以,上级震怒,我们应该理解,作为分管负责人,我签的大样,我没有把好关,我感到羞愧。此事,我个人负有不可推卸的领导责任。我请求组织扣罚我当月全额奖金。

本周采编工作总结:

本周有三个重磅独家新闻,令全市媒体羡慕,电台全部请求转播;

其次,本报摄影记者救下轻生女子的亲历性报道,社会各界反响强烈;第三,经济部与市旅游部门、农行、建行的合作,总体进展非常顺利。

五

《小城时分》会议不纪要

郭的丁:怎么算不实报道? 这里面全是科学知识,没有一点造假!

吴伟:谁让你虚构伊鲁坎吉水母攻打厦城了? 我们是新闻报纸! 不是传奇故事会!

郭的丁:我愚人节报题的时候,你怎么不反对?

吴伟:我怎么知道你是这么无中生有地过愚人节?!

郭的丁:愚人节不就是这样无中生有吗?不然还算什么愚人节?!汇稿后做版时,我还特意又打长途电话请示了你。

吴伟:那边在喝培训班结业酒,吵得要死,我根本听不清你说什么。算了算了,多说无益,小子,我就是太信任你了! ——真是幼稚! 胡闹!

郭的丁:谁胡闹? 谁胡闹?! 你跟我说清楚!

吴伟:现在读者人心惶惶、鸡犬不宁,旅游受挫、赛事停摆,领导龙颜震怒,这不是胡闹是什么?!

郭的丁:我他妈是胡闹,你听"胡闹"选题汇报,怎么一个屁不放? 还夸我们"总是被模仿,永不被超越"——就这点风吹草动,你他妈就尿了!

吴伟:我是实事求是! 新闻饭碗,本来就是戴着脚镣跳舞。你当然不怕,我们在衙府里可没有岳丈泰山可依靠。你不怕死,《小城时分》一帮好兄弟好姐妹可不想陪葬……

赵晓飞总编：够了！别说这些没有意义的话。年轻人有创意，是很可贵的。小郭元宵、"三八"节等几个周日专刊策划，角度都非常独特，令人耳目一新，反响的确很好；吴伟整月在外学习，还不断参与专刊的策划，出角度、出点子，心系两头，也是很辛苦的。你们的付出我都理解，并感激在心。就是这个惹祸的水母专刊，也能看出大家非常投入、非常用心。

要闻部首编老童：其实，我觉得这期水母专刊，非常棒，真的很有趣，通栏版面特别大气漂亮，色调也好，有开阔的海洋感。

经济部首记燕子：我两个同学特意向我要报纸，说报刊亭已经买不到了。益智益趣，洛阳纸贵啊！

热线部主任游侠：热线接到几十通电话，知道是愚人节专刊，大家都笑翻了，倒是非常开心，都说要把它珍藏起来，很多人说，《小城时分》一直是最有活力、最有担当的报纸。

卜副总：唉，不领略愚人节文化的人，还是大多数。我们报的许多老读者根本不知道什么鬼愚人节。还有，我们的愚人节策划，其实应该在周日当天的版面做出说明，哪怕位置偏僻一点。这样，我们对上也好交代。你第二天再出来，毕竟事态已经不良发酵了。而且，大家也看得出来，主管部门很不高兴，否则，我们的"情况说明"传真就不会被怒退。听说领导拍着桌子骂粗话了，说这次检讨再写不好，那混账报纸就停刊整顿！

钱副总：其实，签大样的时候，我还真有想过这个时间差问题。小郭说，当天就说明是愚人节，那就没有愚人节的乐趣了。我觉得也对。隔一天，我们就会做出说明，我想读者应该更开心，一场知趣冲撞，所以……

郭的丁：如果当天就说明是过愚人节，那干脆不要做这个周刊。海洋局多给我们没有用掉的钱,反正今年世界海洋日,照样可以用。他妈的,早知道就不做了。老子熬了四天三夜没睡!这两个打通的整版,白干不说,还要倒扣我的钱?!

吴伟:别丧心病狂地甩你的白头发,做媒体的,有几个不是少白头?

赵总:——够了。按规定扣。"五一"你结婚的时候,我给你个大红包好了。不用退。

梅副、钱副:我们给你的红包也别退啦。

六

《小城时分》总编辑赵晓飞在全市业务工作会议上关于《伊鲁坎吉水母攻打厦城》不实报道的深刻检讨

尊敬的倪部长:

《小城时分》4月1日关于《伊鲁坎吉水母攻打厦城》是个严重的错误报道。我们为本报不严谨不严肃的报道,向领导及广大读者们沉重致歉。

我们知道当日是愚人节,专刊年轻人想与市民开个善意的知识玩笑。去年全国海洋宣传日,我们的报道广受读者喜爱,所以,专刊年轻人想假借节日继续帮助宣传厦城海域丰富的经济资源。虽然是良好的愿望,但是,我们对消息内容隐含的负面影响严重估计不足。作为《小城时分》领导班子,我们没有把好舆论导向关口,给市民造成了恐慌心理,影响了厦城的经济建设。为此,我们沉痛道歉,并研究出台了一系列严控把关措施及奖惩处罚条例。

吃一堑长一智,今后,我们将强化社会责任意识,认认真真、踏踏实实地办好人民真正需要的民心报纸。

《小城时分》编委会

主管批示：

认识有所提高，对错误的反省较为深刻，检讨也相对到位。请自重自律。以醒目位置，向广大读者公开致歉。

七

社会评报员读报意见：

评报员万年春：

这周的星期天专刊，我一直如鲠在喉。真是洋节之祸！作为一个退休老教师，我实在不明白，现在的社会生活热火朝天、朝气蓬勃，一派欣欣向荣的国情民意，这么多沸腾的生活都不可以做你们专刊的内容吗？非得用个洋节来包装我们中国人的日子吗？

崇洋媚外，意欲何为？我们不是资本主义的不负责任的自由媒体。科普，你就好好科普嘛，为什么要装神弄鬼、浪费版面？喉舌不是儿戏，希望你们还是时刻把社会责任感放在心中。

评报员陈寿坤：

这个周末，贵报的水母专刊，知识性、趣味性都很强，但是，有一条记者手记，《诗意的对手》，我觉得似乎导向不对。我读了三四遍，越读越感觉被骂了，是的，文章在骂人。他在骂人！某些记者请别以为自己高明，读者都是傻瓜。你仔细看吧，一开始以为他是说水母，后来，笔锋一转，就在说人了。为什么这么说，你看，文章说我们没有脑子，没有骨头，这分明就是骂人，很愚昧，没有骨气，又说没心没肺，贪吃无度，一琢磨，感觉这就是骂人不懂感恩不懂道歉，只是个吃货。而且，文章的意思，感觉人比无脑的吃货水母还要可怕。我觉得，这就不对了。这是我个人的读报意见，不一定对，但还望贵报反省三思，谨慎使用人民赋予的新闻报道权，不要误导读者，尤其不要误导祖国的下一代。

评报员姜金玲：

本周水母专刊，别开生面、寓教于乐，很好。就是有个错误。专刊《谁是地球的最后霸主》中，日本滨冈核电站，不是浜冈，是滨冈，它位于日本中部地区静冈县御前崎市。这虽然是白玉微瑕，但还是请更用心一点，我们不希望记者、编辑、校对，每个关卡都失守。谢谢。

八

郭的丁、穆见可延期或取消婚礼恭告亲朋好友书

尊敬的至爱亲朋：

本人郭的丁及穆见可小姐，原计划于五月一日举办婚礼。但由于双方突然产生了比较严重的三观分歧，共同决定暂时延期或者取消"五一"婚礼，待三观统一。各位贺仪贺礼，我们谨将原路奉还。

如此意外一折，给诸亲朋至爱带来困扰，我们表示非常非常抱歉。

2007 年 4 月 27 日

郭的丁辞职信

《小城时分》报社：

本人郭的丁，正式提出辞呈。

辞职的原因和理由，主要有三：

本人是出类拔萃的采编人员，目前，《小城时分》报已不适合本人的存在。

本人蔑视推卸责任者，蔑视前倨后恭者。由于本人疾恶如仇，又生性记仇，因此，已不宜在中层吴伟先生手下干活儿了（顺便说一下，本人的未发奖金，自愿赔付给吴先生购买被我打坏的眼镜。注：医疗费已于急诊室当场支付）。

作为优秀的记者，本人越来越讨厌很多没有专业精神的鸟同行，三观相去甚远，老子不追了。

其他没有了，祝报社好。祝兄弟姐妹们好。

申请人：郭的丁

2007年6月5日

九

郭的丁给《小城时分》旧友的邮件

燕子你好。迟复为歉。去了一趟海南，主要是思过，但有意外收获，和水母有关。有眉目以后，你若好奇，我再汇报。

我姨父那个玩具公司，估计被我搞垮了。本来，他们那个玩具市场就竞争得很厉害，当时，我姨让我过去帮忙，我就明说了，我对玩具不感兴趣。他们也是好心,说你反正算是休整休整,在报社耗神耗体力太累,就当是玩玩嘛。我们这样的人你知道,创意根本挡不住。我也没想到,我随口建议的那个竖中指愤怒气锤,一面市,就他妈供不应求,吓死我了。你说,怎么人人都那么想对外界竖中指啊?!你知道那"小臂"有五十厘米长的竖中指气锤很稚态可掬对吧,根本人畜无害,没想到当地人,连女司机都在驾驶座边放一把,一看到恶劣的司机,她们就把竖中指气锤从车里伸出,狠狠挥舞,或者夹在车门玻璃上,一路鄙视。本来,交警也没有生气,尽管有时连我自己都看到,很多车里都插夹着愤怒的竖中指气锤。满大街都是五彩缤纷的竖中指,很幽默可爱嘛,又消除了很多暴戾的副作用。没想到,出事那天,两个他妈的司机,因为愤怒的竖中指气锤,竟然互相别车,在主干道上丧心病狂地互撞决斗。他们俩的车都被撞烂了,关键还累及了许多躲闪不及的路遇车辆。场面就像战争大片。现在,市政那边说,连损坏的市政设施也全部要由我姨父公司赔。你知道的,平时一个隔离墩、隔离栏就他妈三五百块,反光锥就更便宜了。一出事,就开价三五千一个!但最最让人郁闷的是——司机打架,怎么能怪我们呢?总不能人家用菜刀打架,就让我们做菜刀的铺子赔钱吧。哈哈哈。

  反正这事是惊动当地了。几个部门还下了文件,不许我们再生产竖中指气锤以及和竖中指有关的任何"泄愤"的不文明玩具。我姨父的玩具公司被勒令停产整改了。

  我在海南思过。

  OK,各自保重。

郭的丁
2007 年 12 月

郭的丁 2015 年新名片

正面:东南烁金远洋水产技术咨询开发公司
郭的丁董事

反面:南海渔业集团水母分公司
凉拌海蜇专业户老郭

据悉,持名片者说,在飞机上邂逅当年的水母名记郭的丁。他已光头,拥有多家海洋企业股份。其妻为外籍环保人士,生有两个半土半洋的混血孩子。他现在工作重心在于海洋保护。临别,郭大记说——感谢伊鲁坎吉水母!感谢领导!感谢大家成就!